KB054747

루카치가 읽은 솔제니친

루카치 다시 읽기 3

루카치가 읽은 솔제니친

초판 1쇄 발행 2019년 7월 26일

지은이 게오르크 루카치
옮긴이 김경식
펴낸이 강수걸
편집장 권경옥
편집 윤은미 이은주 강나래
디자인 권문경 조은비
펴낸곳 산지니
등록 2005년 2월 7일 제333-3370000251002005000001호
주소 부산시 해운대구 수영강변대로 140 BCC 613호
전화 051-504-7070 | 팩스 051-507-7543
홈페이지 www.sanzinibook.com
전자우편 sanzini@sanzinibook.com
블로그 http://sanzinibook.tistory.com

ISBN 978-89-6545-620-9 93890

* 책값은 뒤표지에 있습니다.
* 이 도서의 국립중앙도서관 출판예정도서목록(CIP)은 서지정보유통지원시스템 홈페이지(http://seoji.nl.go.kr)와 국가자료공동목록시스템(http://www.nl.go.kr/kolisnet)에서 이용하실 수 있습니다. (CIP 제어번호: CIP2019027130)

루카치 다시 읽기 3

루카치가 읽은 솔제니친

게오르크 루카치 지음 | 김경식 옮김

산지니

일러두기

이 책에서 [ ]로 묶은 말은 독자들의 이해를 돕기 위해 옮긴이가 원문에 없는 말을 임의로 추가한 것이다. 또, 어떤 단어를 한 가지로 확정하여 옮기기보다는 대체 가능한 번역을 병기해 두는 게 독서에 유리하겠다고 판단되는 대목에서도 같은 식으로 [ ]를 사용했다.

차례

I

솔제니친—『이반 데니소비치의 하루』

I
솔제니친—『이반 데니소비치의 하루』

1.

노벨레와 장편소설[1]의 미학적 관계는 이미 여러 차례에 걸쳐

---

1 옮긴이: 이 책에서 독일어 'Roman'은 '장편소설'로, 'Novelle'는 독일어 발음 그대로 '노벨레'로 옮겼다. 'Roman'을 '소설'로 옮기는 것이 상례이지만 우리말에서 '소설'은 장편소설뿐만 아니라 중편소설, 단편소설 등도 아울러 지칭한다. 서사형식들의 특성을 주요하게 다루고 있는 이 책의 내용을 고려할 때 적어도 여기에서는 '소설 일반'과 구분되는 용어로 옮기는 것이 좋겠다고 생각했다. 이에 따라 우리는 'Roman'을 '소설'이 아니라—표현을 부드럽게 하기 위해 '소설'로 적은 곳도 몇 군데 있긴 하지만 대부분—'장편소설'로 옮겼다. 한편, 'Novelle'를 '노벨레'로 음역(音譯)한 것은, 그것이 비록 보편성을 결여한 번역이긴 하지만, '단편(소설)' 혹은 '중 · 단편(소설)'으로 옮길 경우 생길 수도 있을 오해를 피하기 위해서이다. '단편(소설)'으로 옮기면, 서구의 고전적 노벨레의 경우—순전히 분량의 측면에서 볼 때—단편보다는 오히려 중편으로 봄 직한 것이 많다는 사실이 희석되며, 또 그렇다고 해서 '중 · 단편(소설)'으로 옮기면 마치 장르 구분의

연구된 바 있다. 하지만 양자의 역사적 관계에 관해서는, 문학의 발전 과정에서 발생하는 양자의 상호작용에 관해서는 그다지 많이 거론되지 않았다. 그런데 여기에 바로 현 상황의 특징을 특히 잘 볼 수 있게 하는 아주 흥미롭고 교훈적인 문제가 있다. 내가 염두에 두고 있는 것은 빈번히 볼 수 있는 다음과 같은 사실이다. 즉, 노벨레는 대(大)서사형식과 극(劇)형식을 통한 현실 정복의 전조(前兆)로서 등장하거나 아니면 한 시기의 종반에 후위(後衛)로서, 종결부로서 등장한다. 달리 말해서 노벨레는 그때그때의 사회적 세계에 대해 문학적으로 보편적인 처리를 아직 못하는 단계에 나타나거나 혹은 더 이상 못하는 단계에 나타난다.

이러한 관점에서 볼 때 보카치오(Giovani Boccaccio)와 이탈리아의 노벨레는 근대 부르주아 장편소설의 선행자로 나타난다. 그것은 부르주아 생활형태들이 의기양양하게 진군하면서 점점 더 삶의 여러 영역에서 중세적인 생활형태들을 파괴하고 그것들을 대체하기 시작하던 시대의, 하지만 부르주아 사회의 맥락

본질적 기준이 분량에만 있는 듯한 인상을 줄까 저어한 까닭이다. 이 글에서 주로 '소설'로 옮긴 단어는 'Roman'이 아니라 'Erzählung'인데, 이 단어는 일반적으로 '이야기', '서사' 등의 포괄적 의미를 지니지만, 루카치의 이 글에서처럼 특정한 서사형식을 지칭하는 용어로 쓰일 때 그것은 '작은 이야기'로서의 '小說'에 가장 근사한 것으로 보인다. 이 책에서 'Erzählung' 곧 '소설'은 '노벨레'와 호환되어 사용되고 있는데, 그렇다면 'Roman'은 '장편소설'보다는 차라리 '큰 이야기'라는 의미에서 '대설(大說)'로 옮기는 게 어떨까 싶기도 하다. 하지만 오랜 관습을 바꾸기란 불가능해 보인다.

속에 있는 객체들의 총체성(die Totalität der Objekte), 인간관계 및 행동방식의 총체성은 아직 존재할 수 없었던 시대의 세계를 형상화한다. 다른 한편, 모파상(Guy de Maupassant)의 노벨레는 발자크(Honoré de Balzac)와 스탕달(Stendhal)이 그 발생을 그렸고 플로베르(Gustave Flaubert)와 졸라(Émile Zola)가 극히 문제적인 그 완성을 그렸던 그 세계에 대한 일종의 후절(後節)[2]로서 나타난다.

이와 같은 역사적 관계는 오직 장르적 특성의 기반 위에서만 발생할 수 있다. 이미 우리는 장편소설의 외연적 보편성의 가장 특징적인 면모로 객체들의 총체성을 지적한 바 있다.[3] 극의 총체성은 이와는 다른 내용과 다른 구조를 갖는다. 하지만 이 두 총체성은 모사되는 삶의 포괄적 전체성(Ganzheit)을 지향한다. 그리고 이 양자에서는 시대의 중심문제들에 대한 다방면의 인간적 찬반(贊反)이, 대조를 이루면서 서로 보완하는 가운데 그 시대의 사건 속에서 적절한 위치들을 차지하고 있는 전형들(Typen)의 총체성을 낳는다. 반면에 노벨레는 개별 사건에서 출발하며—형상화의 내재적 범위에 있어서—거기에 머물러 있다. 그것은 사회적 현실 전체를 형상화할 것을 요구하지 않으며, 이 전체성을 근본적이고 현재적인 문제의 견지에서 볼 때 나타나는 바대로 형상화할 것을 요구하지도 않는다. 노벨레의 진실성은 어떤—대개는 극단적인—개별 사건이 어떤 특정한 사회에서

2 옮긴이: 원래 '후절(Abgesang)'은 중세 독일의 연가(戀歌) 및 직장(職匠) 가인의 노래에서 삼분되어 있는 절의 마지막 부분을 뜻하는 말이다.

3 옮긴이: 이와 관련해서는 이 책의 〈부록〉 참조.

특정한 발전단계에 가능하다는 사실, 그리고 그 단순한 가능성으로써 그 개별 사건은 바로 그 발전단계의 특징을 나타낸다는 사실에 근거하고 있다. 그렇기 때문에 노벨레는 인물들 및 그들이 맺는 관계, 그리고 그들이 그 속에서 행동하는 상황 등의 사회적 발생사를 포기할 수 있다. 그렇기 때문에 노벨레는 이러한 상황을 작동시키기 위한 어떠한 매개도 필요로 하지 않으며, 또 그렇기 때문에 구체적인 전망(Perspektive)을 포기할 수 있다. 노벨레의 이러한 특성(물론 보카치오부터 체호프Anton Chekhov에 이르기까지 무한한 내적 가변성을 허용하는)이, 노벨레가 역사적으로 대(大)형식들의 선행자로서나 후위로서, 다시 말해 형상화될 수 있는 총체성이 아직 없거나 더 이상 없는 단계의 예술적 대표자로서 등장할 수 있는 것을 가능하게 만든다.

물론 이 자리에서 이러한 역사적 변증법에 관해—비록 암시하는 수준에서라고 하더라도—설명하고자 하는 것은 아니다. 하지만 오해가 생기지 않도록 하기 위해 말해 두어야 할 것은, 여기에서 서술된—그리고 이어지는 고찰에서 극히 중요한—아직 아님[아직 없음]과 더 이상 아님[더 이상 없음]의 양자택일이 장편소설과 노벨레의 역사적 관계의 전부인 것은 결코 아니라는 사실이다. 우리가 이 글에서는 거론하지 않고 그냥 지나칠 수밖에 없는 다수의 다른 관계도 존재한다. 여기서 있을 수 있는 연관관계의 다양성을 암시하려는 목적에 한해서 고트프리트 켈러를 살펴보도록 하자. 『초록의 하인리히』가 장편소설적 총체성(Romantotalität)으로서 펼쳐질 수 있기 위해서는 청년 켈러의 스위스를 떠나야만 했다.[4] 대조를 이루면서 서로 보완하는 노벨레들의 연작인 『젤트빌라 사람들』에서는 장편소설로는 형상화할 수 없었던 그러한 총체성에 대한 조망이 생긴다. 켈러의 인간관에 따르면 자본주의화된 고향은 풍부하고 무리 없이 편성된 총체성을 산출할 수 없다. 하지만 [『젤트빌라 사람들』의] 서로 논쟁적인 관계에 있는 '에피그램'[5]적 노벨레들—이는 액자소설로 여겨지는데—은 진정한 사랑으로 성숙해가는 한 쌍의 남녀가 펼치는 기복(起伏)의 과정과 이에 대한 찬반양론을 제시할 수 있다. 이를 통일적인 장편소설 형식으로 그려내는 것은 켈러가 접근할 수 있는 세계의 직접적인 생활소재를 통해서는 불가능했으리라 여겨진다. 따라서 여기에서 중요한 것은 아직 아님과 더 이상 아님의 아주 독특한 착종이다. 이러한 착종은 위에서 암시한 장편소설과 노벨레 사이의 역사적 조합을 근본적으로 파기하는 것은 아니지만, 결코 그 조합에 곧바로 편입될 수

---

4 옮긴이: 스위스 출신 소설가 고트프리트 켈러(Gottfried Keller, 1819~1890)에 관한 루카치의 논의는, 「고프트리트 켈러」, 『게오르크 루카치—리얼리즘 문학의 실제 비평』, 게오르크 루카치 지음, 반성완 외 옮김, 까치, 1987, 294~385면 참조. '초록의 하인리히(Der grüne Heinrich)'는 그의 장편소설 제목이자 그 장편소설의 주인공을 지칭하는 말이다. 주인공 하인리히는 고향 스위스를 떠나 독일로 간다. 이와 달리 『젤트빌라 사람들』에 수록된 노벨러들의 무대는 스위스이다.

5 옮긴이: '에피그램'으로 옮긴 'Sinngedicht'는 보통 위트가 있거나 풍자적인 내용을 지닌 짧은 시를 의미한다. 여기에서는 켈러의 노벨레의 성격을 지칭하는 말로 사용되고 있다.

는 없다. 그리고 문학사는 우리가 여기에서는 다룰 수 없는 전혀 다른 상호관계들을 다양하게 보여주고 있다.

이러한 유보 조항을 달고 우리는 현재의 서사문학과 바로 직전의 서사문학에 대해서 다음과 같이 말할 수 있다. 즉, 그것들은 참으로 인간적인 자기 입증[6]을 현시(顯示)[7]하려고 시도할 때 빈번히 장편소설에서 노벨레로 되돌아간다고 말이다. 내가 염두에 두고 있는 것은 조지프 콘래드(Joseph Conrad)의 『태풍』이나 『그림자의 선』, 헤밍웨이(Ernest Hemingway)의 『노인과 바다』 등과 같은 걸작들이다. 장편소설의 사회적 토대, 사회적 환경이 사라지며, 중심인물들이 순수한 자연적 사건에 맞서 자기를 입증해야 한다는 점에서 이미 [장편소설에서 노벨레로의] 퇴각은 두드러진다. 단지 자기 자신에게만 의지하는 고독한 주인공들이 자연, 예컨대 태풍 혹은 바람 한 점 없는 상태와 벌이는 이 같은 투쟁은 콘래드의 작품에서처럼 인간의 승리로 끝날 수도 있다.

---

6 옮긴이: '참으로 인간적인 자기 입증'은 'ein echt menschliches Sichbewähren'을 옮긴 말이다. '진정한 인간으로서의 자기 입증', '자신을 진짜 인간으로서 입증하기' 정도의 뜻으로 이해된다. 이 책에 자주 등장하는 'Sichbewährung'이나 'Bewährung'도 모두 이런 뜻으로 이해하고 '자기 입증' 또는 '입증'으로 옮겼다.

7 옮긴이: 여기에서 '현시(顯示)하다'로 옮긴 단어는 'darstellen'이다. 이 책에서 주로 '현시'로 옮긴—'재현' '제시' '서술' 등으로 옮긴 곳도 없진 않다—독일어는 'darstellen'의 명사형인 'Darstellung'이라는 것도 밝혀둔다. '재현' '제시' '표현' '서술' 등 여러 가지로 옮겨지고 있는 이 단어를 굳이 '현시'로 옮긴 이유에 대해서는 졸저(拙著) 『루카치의 길: 문제적 개인에서 공산주의자로』(산지니, 2018) 317~318면 참조.

하지만 헤밍웨이의 작품에서처럼 비록 패배로 끝난다 하더라도 인물들의 입증[자기 입증]이 노벨레의 본질적 내실이 된다. 이 노벨레들은 이 두 작가의 장편소설(그리고 이들뿐만 아니라 다른 작가들의 장편소설)과 현격한 대조를 이룬다. [이들의 장편소설에서는] 사회적 연관관계들이 인간을 집어삼키고 으스러뜨리며 파괴하고 왜곡시키고 있다. 이러한 기반 위에서는 효과적인—비록 비극적으로 몰락하도록 되어 있는 것일지라도—저항력이 발견될 수 없는 것처럼 보인다. 탁월한 작가들은 모든 인간적 온전성(Integrität)과 내적 위대성을 포기할 수 없기 때문에, 그들에게서 이러한 유형의 노벨레가 인간을 구하기 위한 싸움에서 후위(後衛)가 벌이는 전투로서 생겨난다.

오늘날 소련문학에서도 진보의 힘들은—서정시를 별도로 친다면—노벨레 주위로 집중되고 있다. 솔제니친(Aleksandr Solzhenitsyn)만이 유일하게 그런 것은 아니지만, 우리가 아는 한 그가 스탈린적인 전통의 이데올로기 장벽을 부수고 진정한 돌파구를 만드는 데 성공한 사람임은 분명하다. 그에게는—그리고 같은 지향을 가진 작가들에게는—앞서 거론한 중요한 부르주아 작가들의 경우와는 달리 한 시기의 종결이 문제가 아니라 시작이 문제이며, 새로운 현실의 최초의 탐색이 문제이다. 이를 밝히는 것이 이어지는 설명의 과제이다.

2.

오늘날 사회주의 리얼리즘의 중심 문제는 스탈린 시대를 비판적으로 처리하는 것이다. 물론 이것은 사회주의 이데올로기 전체의 주요 과제이다. 여기에서 나는 문학의 영역에 한해서 논할 것이다. 스탈린 시기 때문에 사회주의 국가들에서마저 왕왕 경멸적인 욕설로 되어버린 사회주의 리얼리즘이 1920년대에 획득했던 수준을 회복하고자 한다면, 그것은 현재의 인간을 리얼하게 형상화하는 길을 되찾아야만 한다. 이 길은 스탈린이 지배한 수십 년간의 시기를, 그 모든 비인간적 작태와 함께 핍진하게 그리는 과정을 통할 수밖에 없다. 이에 반해 종파주의적인 관료들은 과거를 뒤적여서는 안 되며 오로지 현재만 현시해야 한다고 주장하고 있다. 지난 일은 과거지사로서 이미 완전히 극복되었으며 이제는 완전히 사라졌다는 것이다. 이러한 주장은 참되지 못할 뿐만 아니라—그런 주장이 제기되는 양상은 스탈린적인 문화관료체제가 여전히 큰 영향력을 행사하면서 현존한다는 것을 말해주는데—전혀 말도 안 되는 소리이다. 발자크나 스탕달이 왕정복고 시기를 그렸을 때 그들은 그 대다수가 혁명에 의해서, 테르미도르 반동 및 그 결과에 의해서, 그리고 황제국가에 의해서 형성된 그런 인간들을 모사하고 있다는 것을 알고 있었다. 줄리앙 소렐이나 고리오 영감은, 만일 왕정복고기 당시의 그들의 현존재만 그려졌을 뿐, 그들의 운명, 그들의 발전과정, 그들의 과거가 그려지지 않았더라면 단순한 그림자와 허깨비에 불과할 것이다. 사회주의 리얼리즘 고양기의 문학과 관련해서도 사정은 마찬가지이다. 숄로호프[8], A. 톨스토이,[9] 청년기의 파데예프[10] 등등의 작품에 등장하는 주요인물들은 차르체제하의 러시아 출신이다. 그들이 어떻게 1차 세계대전 이전 시기에서부터 제국주의 전쟁 및 임시정부 붕괴의 체험을 거쳐 현재의 위치에 이르게 되었는지를 먼저 체험하지 않고서는 내전에서 그들이 취한 태도를 아무도 이해할 수 없을 것이며—무엇보다도—그들이 현재 어떠한 상태에 있는지를 아무도 파악할 수 없을 것이다.

오늘날의 사회주의 세계에 적극적으로 참여하고 있는 사람

8 옮긴이: 미하일 숄로호프(Mikhail Sholokhov, 1905~1984)는 소련의 소설가이다. 대표작으로 『고요한 돈강』이 있으며, 1965년 노벨문학상을 받았다.

9 옮긴이: 알렉세이 톨스토이(Aleksey Tolstoy, 1883~1945)는 소련의 소설가 · 시인 · 극작가이다. 러시아의 대문호 레프 톨스토이(Lev Tolstoy)의 먼 친척으로, 볼셰비키 혁명 이후 러시아 내전에서 백군을 지지하고 1919~23년까지 망명생활을 했으나 다시 러시아로 귀국한 이후 수많은 작품을 남겼다. 3부작 장편소설 『고난의 연속』(1920~41)으로 유명한데, 이 3부작과 미완성 장편 역사소설 『표트르 1세』(1929~45)로 스탈린상을 받기도 했다.

10 옮긴이: 알렉산드르 파데예프(Aleksandr Fadeev, 1901~1956)는 소련의 소설가이다. 『괴멸』(1927)과 『젊은 근위대』(1945)가 유명하다. 문학비평과 사회주의 리얼리즘 이론에 관한 저술도 있으며, 오랫동안 소련 작가동맹의 지도자 중 한 사람으로 활약했다. 루카치와 리프쉬츠가 중심이 되었던 잡지 『문학비평가』(*Literaturnyj kritik*)의 노선과 대립적인 관계에 있었다. 철저한 스탈린주의자였던 그는, 1956년 스탈린에 대한 비판이 있은 후 자살했다. 루카치는 파데예프의 초기작은 인정하나 후기작에 대해서는 철저히 비판적이다.

치고 스탈린 시기를 어떤 식으로든 체험하지 않은 사람은 드물다. 그리고 현재의 정신적 · 도덕적 · 정치적 풍모가 그 시대의 체험에 의해 형성되지 않은 사람도 드물다. '개인숭배'의 무절제한 작태들에 의해 '영향을 받지 않은 채' 사회주의적으로 발전하고 사회주의를 건설한 '인민'이란, 거짓된 꿈같은 소망조차 못 된다. 그러한 꿈같은 소망을 공언하고 그 소망을 품고 활동한 사람들이야말로 스탈린의 지배체제가 일상 전체를 관류했으며, 기껏 해봐야 외떨어진 촌구석에서나 그 영향력이 그렇게 강력하게 느껴지지 않았다는 것을—자신들의 경험으로부터—가장 잘 알고 있다. 이렇게 말하면, 이는 마치 일반적인 일처럼 들린다. 하지만 이러한 일반성은 서로 다른 사람들에게서 서로 다른 방식으로 표현되며, 개별 인간의 반응들은 무한해 보이는 다양한 입장을 보여준다. 서구의 수많은 이데올로그가, 예컨대 몰로토프[11]냐 쾨슬러[12]냐 하는 식으로 취하는 양자택일적 입장은, 앞에서 그 특징이 기술된 관료주의적 견해 못지않게 현실과 동

11 옮긴이: 뱌체슬라프 몰로토프(Vyacheslav Molotov, 1890~1986)는 소련의 정치가이다. 1930~41년까지 소련 인민위원회 의장을 역임했으며, 1941년 6월 독일이 소련을 침공하자 '몰로토프 칵테일'이라고 알려지게 된 화염병 생산을 명령한 것으로 유명하다. 스탈린 노선을 견지한 그는 1956년 11월 흐루쇼프를 제거하려다 실패한 '반당파'에 가담, 결국 모든 고위 직책을 상실했다.

12 옮긴이: 아서 쾨슬러(Arthur Koestler, 1905~1983)는 헝가리 출신의 영국 소설가이자 저널리스트이다. 모스크바 재판 취재를 바탕으로 스탈린주의가 지배하는 소련의 암흑을 그린 『한낮의 어둠』으로 크게 유명해졌다.

떨어진 어리석은 것이다.

실제로 이 관료주의적 견해가 문학의 척도가 된다면, 우리는 스탈린 시대의 '도해(圖解) 문학(die illustrierende Literatur)'을 그대로 계승한 것을 마주하게 될 것이다. 스탈린 시대의 '도해 문학'은 현재를 조잡하게 조작한 것이었다. 그것은 과거와 실질적인 목표설정, 현실적 인간의 행동 등의 변증법에서 생겨난 것이 아니라, 기관이 내리는 그때그때의 결정에 의해 항상 그 내용과 형식이 규정되어 있었다. '도해 문학'은 삶에서 성장한 것이 아니라 [기관이 내리는] 결정 사항들에 대한 주해(注解)에서 생겨났기 때문에, 이를 위해 구성된 꼭두각시들은 현실적인 인간과는 달리 과거를 지닐 필요가 없었고 또 그럴 수도 없었다. 그 대신 그것들이 지녔던 것이라고는, '긍정적 주인공'으로 간주되는 것으로 볼지 아니면 '해악분자'로 간주되는 것으로 볼지에 따라서 그 내용이 채워지는 '인사 서류'(인성 검사)뿐이었다.

과거에 대한 조야한 조작은 '도해 문학' 작품들에서 행해지는 인물, 상황, 운명, 전망 등등 전반에 걸친 조잡한 조작의 일부분에 불과하다. 그렇기 때문에 우리가 위에서 언급한 어리석은 노선은 스탈린 · 즈다노프[13]적 문학정책을 '시류에 맞게' 철저히

13 옮긴이: 안드레이 즈다노프(Andrei Zhdanov, 1896~1948)는 소련의 정치인이다. 1934년에 열린 17차 소련 공산당 대회에서 당 중앙위원회 위원장 겸 정치국 후보위원으로 선출되면서 중앙당에서 영향력을 행사하기 시작했다. 특히 당 조직 개혁 사업을 주도했고 소련의 문화예술계에서 스탈린식 '사회주의 리얼리즘'을 구현하는 데 앞장섰다. 스탈린의 대숙청에 적극 가담했으며, 2차 세계대전 후에는 스탈린의 지시로

밀고 나간 것에 불과하다. 그것은 사회주의 리얼리즘의 재생을 가로막는, 다시 말해 시대의 크고 작은 문제들에 대해 자기 자신의 인격과 인생경로의 필연성에 따라 개인적인 방식으로 입장을 취하는 한 시기의 진정한 전형들을 현시하는 사회주의 리얼리즘의 능력의 회복을 가로막는 새로 고안된 방해물일 따름이다. 전형들의 개체성[개인성]이 궁극적으로는 사회 · 역사적으로 조건 지어져 있다는 것은, 바로 과거와 현재와 미래 전망 간의 관계에서 가장 분명하게 표현된다. 현재의 인간을 그가 살아온 과거로부터 문학적으로 생장하게 하는 것이야말로 한 인격 속에서 인간과 사회의 관계를 가장 구체적으로 가시화하는 것이다. 그도 그럴 것이—역사적으로 보면—동일한 과거가 각각의 인간 삶에서는 다양한 모습을 띤다. 즉, 똑같은 사건이 사람들의 서로 다른 출신, 서로 다른 처지, 서로 다른 교양, 서로 다른 연령 등등에 따라서 상이하게 체험되는 것이다. 또, 동일한 사건이 인간들에게 미치는 영향도 극히 큰 차이가 있다. [그 사건과 연결되는] 매개의 개인적 계기의 현저한 우연성은 말할 것도 없고, 그 사건에 가까이 있는지 멀리 떨어져 있는지, 중심에 있는지 주변에 있는지에 따라서도 다양성의 폭넓은 여지가 생긴다. 그리고 그러한 사건을 마주하여 영혼이 정말로 수동적인 사람은 아무도 없다. 사람은 언제나 선택적 상황에 직면하게 되

문화 부문에 강한 영향력을 행사, '사회주의 리얼리즘' 노선을 대대적으로 밀어붙였으며, 그 과정에서 문화계 숙청 작업을 주도했다.

는데, 이에 대한 대답은 버티기, 타협(현명하거나 멍청한, 올바르거나 그릇된 타협) 그리고 좌절과 투항에 이르기까지 폭넓은 스펙트럼을 보여준다.

그런데 문제는 결코 단순히 일회적인 사건 및 이에 대한 반응이 아니라 그것들의 연쇄이다. 항상 이전의 반응은 그 후에 행하는 반응의 중요한 계기이다. 따라서 과거를 들춰내지 않은 채 현재를 발견하는 일은 있을 수 없다. 솔제니친의 『이반 데니소비치의 하루』는 사회주의적인 당대에서 이루어지는 이러한 문학적 자기 재발견을 위한 의미심장한 서곡이다.

솔제니친의 작품에서는 스탈린 시대, 강제 수용소 등등의 잔학상을 폭로하는 것이—적어도 일차적으로는—문제가 아니다. 그러한 것은 이미 오래전에 서구 문학에서 행해졌다. 20차 당 대회[14]가 스탈린 시기에 대한 비판을 의사일정에 올린 이래로, 그러한 잔학상은 그것이 처음에 지녔던 충격효과를 특히 사회주의 국가들에서는 상실했다. 솔제니친의 업적은, 그가 임의의 수용소에서 있었던 별일 없는 어느 하루를 아직 극복되지 않았고 문학적으로 형상화된 바도 없는 과거의 상징으로 문학화했다는 데 있다. 그는—비록 수용소 자체가 스탈린 시대의 첨예한 모습을 보여주긴 하지만—솜씨 좋게 단색(單色)으로 그려진 수용소의 한 단면에서 스탈린이 지배했던 일상의 상징을 만들

14 옮긴이: 1956년 2월에 개최된 소련 공산당 20차 당 대회. 이 대회에서 스탈린의 폭정과 개인숭배를 비판하는 흐루쇼프의 비밀보고가 행해졌다.

어냈다. 그는 바로 다음과 같은 문학적인 문제제기를 통해서 이 일에 성공했다. 즉, 그 시대는 인간에게 어떤 것들을 요구했던가? 누가 자기 자신을 인간으로서 입증했던가? 누가 자신의 인간적 존엄성과 온전성을 지켜냈던가? 누가—그리고 어떻게—견뎌냈던가? 인간적 실체는 누구에게 보전되어 있었던가? 이 인간적 실체는 어디에서 비틀어지고 파괴되고 말살되었던가? 직접적인 수용소 생활로 엄격하게 국한함으로써 솔제니친은 문제를 아주 일반적이자 동시에 아주 구체적으로 제기할 수 있었다. 여기에서는 구속되지 않은 사람들이 살면서 마주해야 했던, 부단히 변해가는 정치 · 사회적 선택항은 자연히 배제된다. 하지만 버티거나 무너지는 것 일체가 살아 있는 인간들의 구체적인 삶 혹은 죽음에 바로 집중되어 있어서 모든 일회적인 결정은 삶에 밀착된 일반화와 전형화의 수준으로 고양된다.

전체 구성—그 세부사항에 대해서는 나중에 이야기할 것이다—은 이러한 목적에 이바지하고 있다. 수용소의 일상에서 그려진 한 단면은, 주인공이 종결부에서 강조하고 있듯이, 수용소 생활 중에서 '좋은' 날을 보여준다. 그리고 실제로 그날에는 어떤 색다른 일도, 특별한 잔학 행위도 벌어지지 않는다. 우리는 수용소의 정상적인 질서와, 그에 근거한 수용소 성원들의 전형적인 반응들만을 보게 된다. 이를 통해 전형적인 문제들은 명확하게 그 윤곽이 그려질 수 있으며, 한층 더 큰 고난이 인물들에게 미치는 영향을 그려내는 일은 독자의 상상에 맡겨지게 된다. 이처럼 본질적인 것에 거의 금욕적으로 집중하고 있는 구성의 기본특성은 문학적 전개에서 이루어지는 엄청난 절제와 정확히 상응한다. 외부세계 중에서는 인간의 내면에 미치는 영향 때문에 불가결한 것만 모사되며, 인간의 영혼세계 중에서는 금방 한 눈에 들어오는 매개들 속에서 바로 인간적 핵심과 밀접히 결부되어 있는 반응들만—그것도 극히 절제된 선별 속에서—모사된다. 그리하여 이 작품은 전혀 상징적으로 구상되지 않았지만 강력한 상징적 효과를 유발할 수 있으며, 스탈린적인 세계의 일상의 문제들이—비록 그것들이 직접적으로는 수용소 생활과 아무 관계도 없지만—이러한 현시에 의해서 같이 포착될 수 있다.

솔제니친의 구성을 이처럼 극히 추상적으로 개관하기만 해도, 그 작품은 양식(Stil)상으로 하나의 소설[작은 이야기], 하나의 노벨레이지 장편소설(비록 아무리 짧은 것이라 하더라도)은 아니라는 것을 알 수 있다. 구체적인 재현이 최대한의 완벽성을 지향하고 전형들과 운명들의 상호보완을 지향하고 있더라도 장편소설은 아닌 것이다. 솔제니친은 일체의 전망을 의식적으로 포기한다. 수용소 생활은 영속적인 상태로 제시된다. 몇몇 사람의 형기 만료에 대한 아주 드문 암시는—수용소가 없어지리라는 것은 백일몽에서조차도 등장하지 않는다—극히 불확실하게 되어 있다. 중심인물의 경우에는 고향이 그 사이에 아주 많이 변했다는 것, 그리고 그는 낯익은 옛 세계로 결코 되돌아갈 수 없다는 것만이 강조되고 있는바, 이를 통해서도 수용소의 격리 상태는 강화된다. 그리하여 미래는 모든 방향에서 완전히 가려져 있다. 예견될 수 있는 것은 상대적으로 더 좋거나 더 나쁜 날들, 근본적으로는 별로 다르지 않는 비슷비슷한 날들이다. 과거에 대한 현시 또한 마찬가지로 절제되어 있다. 몇몇 사람이 수용소에 오게 된 사정에 대한 몇 마디 암시는 바로 그 사실적이고 간결한 말의 절제 속에서 법정과 행정부가 내린 판결의 자의성, 군사(軍事) 판결 및 민사 판결의 자의성을 폭로하고 있다. 정치적인 근본문제들, 가령 대재판[15]에 관한 말은 한 마디도 없다. 그러한 문제들은 희미해진 과거 속으로 사라져버렸다. 몇몇 경우에만 지나가는 말로 거론되는 유형(流刑)의 개인적인 부당성조차 직접적으로 비판되지 않는다. 그것은 엄연한 사실로서, 수용소의 현존을 위해 받아들여질 수밖에 없는 전제조건으로서 나타난다. 따라서 도래할 큰[大] 장편소설이나 극의 과제일 수가 있고 또 과제여야 할 모든 것이—예술적으로 극히 의식적으로—잘리고 제거된다. 이 점이 앞서 거론한 [모파상, 콘래드, 헤밍웨이 등등의] 중요한 노벨레들과의—형식적인, 단지 형식적일 뿐인—양식상의 유사성이다. 하지만 여기에서는 앞의 경우들에서처럼 대(大)형식들로부터의 퇴각이 문제가 아니라, 오히려 현실에 적합한 대형식들을 추구하는 가운데 이루어지는, 현실에 대한 최초의 탐색이 문제이다.

오늘날 사회주의 세계는 마르크스주의의 르네상스 전야에 있다. 마르크스주의의 르네상스는 스탈린에 의해 왜곡된 마르크스주의적 방법을 재산출하는 것을 임무로 할 뿐 아니라, 현실의 새로운 사실들을 진정한 마르크스주의의 신 · 구(新 · 舊)의 방법으로 적절하게 파악하는 것을 목표로 할 것이다. 문학에서 사

15 옮긴이: 1936~38년에 모스크바에서 대대적으로 벌어졌던 숙청재판.

회주의 리얼리즘의 사정도 이와 비슷하다. 스탈린 시대에 사회주의 리얼리즘으로 찬양받고 우대받았던 것을 계속 이어가는 것은 무망한 짓일 것이다. 하지만 나는 표현주의와 미래주의 이래 서유럽에서 생겨난 모든 것을 리얼리즘으로 개칭하고 '사회주의적'이라는 부가어를 없애버림으로써 사회주의 리얼리즘을 조기에 매장하려 하는 사람들도 잘못됐다고 생각한다. 사회주의 문학이 다시 제정신으로 돌아온다면, 그것이 다시 자기 당대의 중대한 문제들에 대해 예술적 책임을 느낀다면, 현재성을 지닌 사회주의 문학의 방향으로 몰려오는 강력한 힘들이 속박에서 풀려날 수 있을 것이다. 스탈린 시대의 사회주의 리얼리즘과는 단호히 방향을 달리함을 의미하는 이러한 전환과 갱신의 과정에서, 미래로 가는 길에 서 있는 이정표의 역할이 솔제니친의 소설에 주어진다.

물론 문학의 봄을 알리는 최초의 제비들은 예술적으로는 별로 가치가 없더라도 전야를 고지하는 존재로서 역사적으로 중요해질 수 있다. 시민극을 처음 발견한 인물들로서 릴로[16]와 그의 뒤를 이은 디드로(Denis Diderot)가 그러했다. 하지만 솔제니친의 역사적 위치는 다르다. 디드로는 이론상에서 역사적 상황(조건)을 극작술적 관심의 한가운데에 둠으로써 비극의 한 중요한 주제 영역을 개척했다. 그가 쓴 극들의 수준이 평범하다는

16 옮긴이: 조지 릴로(George Lillo, 1693~1739)는 영국의 극작가이다. 가정비극 『런던상인: 조지 반웰의 생애』(1731)에서 귀족이나 왕 대신 중간계급을 주인공으로 설정, 시민극의 등장에 중요한 개척자 역할을 했다.

것을 알게 된다고 해서 발견자로서의 그의 역할이 없어지는 것은 아니지만, 그 역할은 주제 영역에 관한 추상적 인식에 국한된 것이었다. 한데 솔제니친은 강제수용소의 생활을 문학의 주제 영역으로 개척한 것이 아니다. 이와는 달리 스탈린 시대의 일상과 그 일상에서 이루어지는 인간적 선택에 집중되어 있는 그의 현시방식은 입증[인간으로서의 자기 입증]과 좌절이라는 인간적 문제들에서 진정한 미개척지를 열어 보여준다. 강제수용소는 스탈린적인 일상의 상징으로 그려진다. 그럼으로써 금후에 수용소 생활 자체에 대한 현시는, 지금 도래가 예고되고 있는 새로운 문학의 보편성, 현재의 개인적 · 사회적 실천에 중요한 모든 것이 불가결한 전사(前史)로서 형상화되어야 할 그 보편성 속에서 단순한 에피소드가 될 것이다.

3.

독자들은 이반 데니소비치의 이러한 하루를 스탈린 시대의 상징으로 느꼈다. 하지만 솔제니친의 현시방식에는 상징주의의 흔적이라고는 조금도 없다. 그는 삶의 진정한 단면, 삶의 현실에 충실한 단면을 제공하는데, 여기에는 어떤 강조된—과장된—의미를 얻기 위한, 다시 말해 상징주의적인 효과를 위한 계기는 전혀 나타나지 않는다. 물론 이 단면에는 수백만 인간의 전형적인 운명, 전형적인 태도가 집약적으로 보존되어 있다. 솔제니친의 이같이 소박한 자연적 진실성은 직접적인 자연주의와는 물론이고 기법상으로 세련되게 매개된 자연주의와도 전혀 다른 것이다. 리얼리즘, 특히 사회주의 리얼리즘을 둘러싼 현재의 논의들은 진정한 핵심 문제를 부주의하게 간과하고 있는데, 이는 무엇보다도 그 논의들이 리얼리즘과 자연주의 사이의 대립을 시야에서 놓치고 있기 때문이다. 스탈린 시대의 '도해 문학'에서는 국가 귀속적인 자연주의가, 마찬가지로 국가 귀속적인 소위 혁명적 낭만주의와 결합된 채로 리얼리즘을 대신했다. 물론 1930년대에도 추상적인 이론 차원에서는 자연주의와 리얼리즘이 대립되는 것으로 설정되었다. 하지만 단지 추상적으로만 그랬다. 이러한 추상성은 '도해 문학'을 반대할 때에만 진정으로 구체화될 수 있었다. 실제로 이루어진 문학의 조작은 지침에 부합하지 않는 모든 사실을—이런 것만을—자연주의라고 비난했기 때문이다. 이러한 실정에 따라서, 그 당시에 자연주의를 넘어선다는 것은 작가가 해당 결정 사항들을 직간접적으로 정당화하는 사실들만을 선택하여 현시할 경우에만 성공할 수 있는 것이었다. 해당 문학작품은 그러한 결정 사항들을 문학적으로 도해하기 위해서 생겨나야 했던 것이다. 이로 말미암아 전형화는 순전히 정치적인 범주가 되고 말았다. 인물들의 고유한 변증법, 그들의 인간적 본질의 고유한 변증법과는 무관하게, 해당 결정 사항의 실행을 촉진하거나 방해하는 것으로 나타나는 행동방식들에 대한 긍정적 혹은 부정적 가치판단이 전형론에 나타났다. 그리하여 플롯과 등장인물들이 극히 인위적으로 구성되었는데, 이러한 현시방식은 디테일들 상호 간뿐 아니라 디테일들과 행위하는 인간 및 그 운명 등등 사이도 유기적 · 필연적으로 연결되어 있지 않다는 바로 그 사실을 통해 특징지어질 수 있으며, 이런 한에서 그 구성성은 자연주의적일 수밖에 없었다. 작가의 특성에 따라서 디테일들은 창백하게 추상적으로 머물러 있거나, 아니면 지나치게 분명하고 구체적이지만, 그것들이 형상화 질료와 유기적인 통일체는 결코 이루지 못한다. 왜냐하면 원리상 그것들은 바깥에서 가져와서 이러한 질료에 붙여지기 때문이다. 나는 긍정적 주인공이 어떤 정도로 얼마만큼 부정적 속성을 지닐 수 있는지 또는 지녀야 하는지 하는 문제를 둘러싸고 벌어진 스콜라적인 논쟁들을 기억한다. 이러한 논쟁들 이면에 있는 것은, 문학에서는 구체적 인간, 특수한 인간이 일차적인 것이며 형상화의 출발점이자 종점이라는 사실에 대한 부정이다. 여기에서 인간과 운명은 임의로 조작될 수 있으며 또 그래야 하는 것이 되고 만다.

지금 많은 사람이 바라고 있듯이 현대적 · 서구적 현시방식이 낡아빠진 사회주의 리얼리즘을 대체해야 한다고 한다면, 현대적 문학의 지배적 조류들이 지닌 자연주의적인 기본특성은 양 진영에서 공히 간과되고 있는 셈이다. 나는 본래의 자연주의를 대체했다고 하는 각종의 주의(主義)들이, 자연주의에서 나타나는 바로 그 내적 연결의 상실, 구성상의 비일관성, 현상과 본질의 직접적 통일성의 와해 등을 그대로 방치해두었다는 사실에 대해 여러 맥락에서 거듭 주의를 환기시킨 바 있다. 직접적인 관찰에 달라붙어 있는 자연주의적 주요특징의 극복, 다시 말해서 일면적으로 객관적이거나 일면적으로 주관적인 투영(投影)을 통한 자연주의의 대체는, 원리상으로 보면 자연주의의 이러한 근본문제를 전혀 건드리지 않는 것이다. 여기에서 우리가 하는 말은 일반적인 문학적 실천에 관한 것이지 중요한 예외적 현상들의 성취에 관한 것이 아니다. [자연주의자로 불리는] 게르하르트 하웁트만(Gerhart Hauptmann)이 『직조공들』이나 『비버 모피』에서는 미학적 의미에서 자연주의자가 아닌 반면에, 대다수의 표현주의자, 초현실주의자 등등은 자연주의를 결코 극복하지 못했다. 따라서 이러한 관점에서 보면 스탈린 시대의 사회주의 리얼리즘에 반대하는 사람 중 다수가 왜 현대적 문학에서 도피처를 구하고 찾고자 하는지를 쉽게 이해할 수 있다. 그도 그럴 것이 이러한 이행[스탈린적인 사회주의 리얼리즘에서 현대적 문학으로 넘어가기]은 작가들이 사회적 현실과 맺고 있는 관계의 변혁 없이도, 그들의 자연주의적인 기본입장을 넘어서지 않고도, 시대의 중대한 문제들을 함께 겪고 깊이 생각함 없이도, 순전히 주관주의적인 자생성의 층위에서 이루어질 수 있다. 여기에서는 '도해 문학'과의 단절조차도 필수적이지 않다. 표현주의, '신(新)즉물주의', 몽타주풍(風) 등등의 모든 성과를 사용했지만 단지 이 같은 외적 기법에서만 당시의 국가 귀속적 생산의 평균작과 구분되었을 뿐이었던, '노선에 충실한' 산업화 소설들이 이미 1930년대에 존재했다. 오늘날에도 이런 일이 되풀이될 조짐이 있는데, 물론 여기에서 우리는 순전히 주관적으로 머물러 있는 단순한 부정은 국가 귀속적인 긍정을 이념적, 예술적으로 극복하는 일과는 거리가 멀다는 것을 깨달아야 한다.

솔제니친의 소설은 자연주의 내의 모든 경향과 첨예하게 대립한다. 우리는 그의 현시방식이 보여주는 극도의 절제에 대해 이미 말한 바 있다. 이러한 현시방식의 결과, 그의 작품에서 디테일들은 항상 극도의 함축성을 지닌다. 진정한 예술작품에서는 다 그러하듯이 이러한 함축성의 특수한 뉘앙스는 소재 자체의 특성에서 생겨난다. 우리가 있는 곳은 집단수용소이다. 빵 한 조각, 헝겊 한 오라기, 작업도구로 이용될 수 있는 돌 조각이나 쇳조각 하나하나가 모두 생명을 연장하는 데 쓰인다. 하지만 작업하러 갈 때 그런 것을 가지고 간다거나 그런 것을 어딘가에 숨기는 것은 적발의 위험, 압수, 심지어는 독방형과 연결되어 있다. 간수의 얼굴 표정 하나하나, 몸짓 하나하나는 즉각적인 특유의 반응을 요구하는데, 이러한 반응이 잘못되었을 경우 심각한 위험이 야기될 수도 있다. 다른 한편, 예컨대 식사 배급 때에 종종 있는 일로서, 기회를 틈타 야무지게 행동함으로써 식사를 두 번 타 먹을 수 있게 되는 것과 같은 상황들이 존재한다. 헤겔(Georg Wilhelm Friedrich Hegel)은 먹기, 마시기, 잠자기, 육체노동 등등을 비중 있게 제대로 현시하는 것이 호메로스(Homeros)의 시에서 차지하는 의의를 강조하면서 말하기를, 그것이 호메로스 시의 서사시적 위대성의 기반이라고 했다. 부르주아적 일상에서는 이러한 생활기능들이 대개 그 특유의 비중을 상실하는데, 톨스토이처럼 극히 위대한 작가들만이 이 복잡한 매개들을 재산출할 수 있다(물론 이 같은 비교는 당면한 문학적 문제를 해명하는 데 쓰일 뿐이지 결코 가치의 비교로 이해되어서는 안 된다).

솔제니친의 작품에서 디테일들의 함축성은—소재의 특성에서 생장하는—아주 독특한 기능을 갖는바, 일상적인 수용소 생활의 숨 막히는 압박감, 끊임없이 위험에 둘러싸여 있는 그 생활의 단조로움, 목숨을 보존하기 위해 부단히 진행되는 미세한 움직임 등을 명백하게 만든다. 여기에서는 디테일 하나하나가 살아남느냐 죽느냐의 양자택일적 상황을 보여준다. 각각의 대상은 다행스러운 운명이나 파멸적인 운명을 야기하는 것이다. 이 같은 방식을 통해 개별 객체들의 그 자체로는 항상 우연적인 실제상태[17]는 인간들의 개별적 운명곡선과 불가분하고 가시적으로 연결되어 있다. 이리하여 절제된 수단들로부터 수용소 생활의 집약적 총체성이 생겨난다. 이 소박하고 소략한 사실들의 종합과 체계가 인간생활의 중요한 한 단계를 속속들이 비추어 주는, 인간적으로 유의미한 상징적 총체성을 낳는 것이다.

이러한 삶의 토대 위에서 하나의 독특한 노벨레 형식이 생겨나는데, 이미 언급한 부르주아세계의 위대한 현대적 노벨레들과 이 형식 사이의 유사성과 대립성은 양자가 처해 있는 역사적 상황에 의해 해명된다. 이 두 그룹에서 인간은 끔찍하고 비인간적인 것을 그 자연적 본질로 드러내는 막강하기 그지없는 적대

17 옮긴이: '실제상태'는 'Geradesosein'을 옮긴 말이다. 'Geradesosein'은 '그리 있음' '그렇게 있음'을 뜻하는 'Sosein' 앞에 'gerade'가 붙은 것이니 '바로 그렇게 있음' '바로 그리 있음'을 뜻하는 말로 볼 수 있는데, 『사회적 존재의 존재론을 위한 프롤레고메나』(게오르크 루카치 지음, 김경식 · 안소현 옮김, 나남, 2017)에서 우리는 이 단어를 '실상(實相)'으로 옮겼다. 그런데 '실상'이 '실제 모양이나 상태'를 넘어서 불교에서 말하는 '본체' '실체'로까지 읽힐 수 있는 단어이기 때문에 여기서는 '실제상태'로 바꾸어 옮겨본다.

적 환경과 투쟁했다. 콘래드나 헤밍웨이의 경우에 이 적대적 환경은 사실상 자연이다(콘래드의 경우에 그것은 폭풍이거나 바람 한 점 없는 상태이며, 『노래의 끝』[18]에서처럼 순전히 인간적인 운명이 유력한 곳에서조차 늙은 선장이 맞서 싸워야 하는 것은 실명(失明)이라는, 자신의 생물학적 자연의 가혹함이다). 인간관계들의 사회성은 후면으로 물러나며, 많은 경우 완전히 사라져버릴 정도로까지 흐릿해진다. 인간은 자연 자체와 대립해 있다. 자연에 맞서 그는 자기 자신의 힘으로 스스로를 보존하든지 아니면 파멸하든지 할 수밖에 없다. 그렇기 때문에 이러한 결투에서는 디테일 하나하나가 다 중요한바, 객관적으로는 운명적 양상을 띠며 주관적으로는 살아남느냐 죽느냐의 양자택일적 상황을 제기한다. 하지만 여기에서 인간과 자연은 서로 직접적으로 대립되기 때문에 자연 형상들이 호메로스적인 폭을 띨 수 있는데, 그렇다고 해서 그 자연 형상들의 숙명적인 강렬성이 약화되지는 않는다. 왜냐하면 바로 그러한 방식을 통해 행위하는 인간과의 운명적 관계가 재차 유의미한 결단으로 농축되기 때문이다. 그러나 바로 그렇기 때문에 인간 상호 간의 명백히 사회적인 관계는 희미해지거나 심지어 사라져버리며, 그러한 노벨레들은 문학 발전의 최종적 현상이 된다.

솔제니친의 작품에서도 형상화된 총체성은 자연적 면모를 띤

18 옮긴이: 영어 원제는 "*The End of the Tether*"이며 조지프 콘래드의 작품을 우리말로 옮긴 책들에서는 『밧줄의 끝』으로 소개되고 있다. 『노래의 끝』은 독일어 번역본 제목인 "*Das Ende vom Lied*"를 옮긴 것이다.

다. 그것은 인간생활의 운동들에서 비롯되는 가시적인 발생도, 사회적 존재의 다른 형태로의 계속적인 발전도 없이, 엄연한 사실로서 그냥 거기에 있다. 하지만 그것은 언제 어디서나 '제2의 자연', 즉 사회적 복합체이다. 이 복합체의 영향력이 전적으로 '자연적 양상을 띠며' 무자비하고 잔인하며 무의미하고 비인간적으로 나타난다 할지라도, 그것은 인간 행위의 결과이며, 그에 맞서 자신을 방어하는 인간은 실제의 자연을 대할 때와는 전혀 다르게 그것을 대한다. 헤밍웨이의 늙은 어부는 격렬히 저항함으로써 그를 거의 죽음 직전까지 몰고 갔던 힘센 물고기에 대해 호감과 경외감까지 느낄 수 있다.

이는 '제2의 자연'의 대표자들에 대해서는 있을 수 없는 일이다. 솔제니친이 내적 반항의 명확한 표현을 일체 피하고 있는 것은 사실이지만, 이 내적 반항은 모든 절제된 표현과 몸짓 속에 함축되어 있다. 그도 그럴 것이, 추위와 허기 등등처럼 자연적 양상을 띤 물리적 생활표현들이 궁극적으로는 인간에 대한 인간의 관계를 통해 진행되기 때문이다. [자신을 인간으로서] 입증하느냐 그러지 못하느냐 하는 것은 언제나 직접적으로 사회적인 일이다. 비록 대놓고 말해지진 않지만 그것은 항상 장래의 진정한 삶, 다른 자유로운 인간들 사이에서 이루어질 자유로운 삶과 관련되어 있다. 물론 여기에는 직접적 · 물리적인 생존 또는 직접적 · 물리적인 파멸이라고 하는, '자연적 양상을 띤' 요소도 포함되어 있다. 그러나 객관적으로 볼 때 지배적인 계기는 사회적 계기이다. 그도 그럴 것이 자연은 실상 우리 인간과는 무관하게 존재하기 때문이다. 자연은 실천된 인간 인식에 복속될 수 있지만 그 본질은 필연적으로 바뀔 수 없다. [이와 달리] '제2의 자연'은, 그것이 직접적으로는 자연적 양상을 띤 채 현상한다 할지라도 어디까지나 인간적 관계들로 이루어진 구성물이며 우리 자신의 작품이다. 그러므로 '제2의 자연'을 대하는 궁극의 건강한 태도는 바꾸고자 하는 것이며 개선하는 것이고 인간화하는 것이다. 디테일들의 진실성, 디테일들의 본질, 디테일들의 현상, 디테일들의 상호작용, 디테일들의 연결 등등도, 비록 디테일들의 발생이 곧바로 사회적인 것으로서 모습을 드러내지 않는다 할지라도 언제나 사회적인 성격을 띤다. 솔제니친은 여기에서도 금욕적인 절제를 보이면서 일체의 입장 표명을 삼간다. 하지만 다름 아닌 그의 현시방식의 객관성, 사회 · 인간적 제도의 '자연적 양상을 띤' 가혹함과 비인간성은 그 어떤 격정적인 열변이 내릴 수 있는 것보다 더 치명적인 판결을 내린다. 그리고 동일한 방식으로, 일체의 전망에 대한 금욕적 절제 속에는 모종의 전망이 숨겨져 있다. 모든 입증[인간으로서의 자기 입증]과 모든 좌절은 인간관계의 미래적, 정상적 방식을 말없이 가리키고 있다. 그것들은 장차 인간들 사이에 도래할 진정한 삶을 위한—무언의—전주곡이다. 따라서 [삶의] 이 단면은 끝이 아니라 미래를 위한 사회적 전주곡이다(콘래드의 『그림자의 선』에서처럼 실제 자연과의 투쟁도 순수하게 개인적으로는 인간적 · 교육적인 것일 수 있지만, 순전히 개인에 국한된 방식으로 그런 것이다. 『태풍』에 나오는 선장의 자기 입증은, 콘래드가 강조하고 있다시피 아무런 결과도 수반하지 않는 흥미로운 에피소드에 지나지 않는다).

이는 다시 솔제니친 소설의 상징적 작용으로 되돌아가게 한다. 이 상징적 작용의 결과로, 스탈린 시대—그 시대에는 그러한 단면들이 실제로 일상의 상징이었다—와 장차 벌이게 될 문학적 대결을 위한 집약적 전주곡이 말없이 생겨난다. 이것은 스탈린 시대라고 하는 '학교'를—직접적으로나 간접적으로, 능동적으로나 수동적으로, 강해지거나 피폐해지면서—거쳐왔고, 그 속에서 지금의 삶으로, 그 삶 속에서의 활동으로 형성되었던 인간들의 세계 곧 현재를 형상화하기 위한 전주곡이다. 솔제니친의 문학적 위치가 지니는 역설적 특성이 여기에 있다. 그의 표현의 간결함, 그리고 수용소 생활의 직접성을 넘어설 일체의 암시에 대한 절제는, 그럼에도 불구하고 인간적 · 도덕적인 중심 문제들—만일 이 문제들이 빠진다면 현재의 인간들은 객관적으로는 존재할 수 없을 것이며 주관적으로는 이해될 수 없을 것이다—의 윤곽을 그려낸다. 바로 이렇게 간결하고도 압축적으로 절제되는 가운데, 직접적으로는 극히 제한된 이 삶의 단면은 도래할 큰[大] 문학을 위한 서곡의 성격을 지니는 것이다.

솔제니친의 다른 유명 노벨레들은 그와 같이 상징이 스며든 포괄성을 지니지 않는다. 한데 어쩌면 바로 그 때문에 현재를 파악하는 길을 찾기 위한 과거 탐색은, 마지막에 우리가 보게 되듯이 분명하게, 한층 더 분명하게 표현된다. 현재에 대한 이러한 [『이반 데니소비치의 하루』에서와 같은] 조망은 아름다운 노벨레 『마트료나의 집』에서 가장 보기 힘들다. 여기에서 솔제니친은 몇몇 동시대 작가와 마찬가지로 사회주의 및 그 스탈린적 형태가 거기에 사는 인간과 생활형태에 거의 영향을 미치지 않았던 한 외딴 촌락 세계를 그리고 있다(그러한 가능성들의 존재가 현재의 전체상(全體像)에 중요하지 않은 것은 아니지만 결코 핵심적인 것은 아니다). 많은 일을 겪었고 많은 고통을 당했던 한 노파, 자주 속았고 늘 착취당했던, 그러면서도 깊은 내면적 선량함과 명랑함은 그 무엇에 의해서도 흔들리지 않았던 그런 노파의 초상이 그려져 있다. 여기에서 우리는 그 무엇도 파괴하거나 왜곡시킬 수 없었던 인간성을 지닌 인간의 전범을 본다. 이것은 러시아 리얼리즘의 위대한 전통의 맥락 속에 있는 초상이다. 그런데 우리가 솔제니친의 작품에서 감지할 수 있는 것은 오직 전통 일반이지 어떤 개별 거장의 양식을 잇고 있다거나 하는 것이 아니다. 러시아 최고의 전통과 맺고 있는 이 같은 유대는 그의 다른 노벨레들에서도 유사하게 나타난다. 『이반 데니소비치의 하루』의 구성이 몇몇 주요인물의 도덕적 유사성과 대립에 근거해 세워져 있는 것이 그런 것이다. 영리하고 전술적으로 능란하지만 자신의 인간적 존엄을 결코 포기하지 않는 농촌 출신의 주인공과 대조를 이루면서 한편에는 열정적인 전직 해군 중령이, 다른 한편에는 꾀가 많은 작업 조장이 배치되어 있다. 전자는 모욕을 당하면 대들지 않고 넘어가는 법이 없기 때문에 자신의 목숨을 위험에 내거는 자이고, 후자는 당국에 대해서 자기 동료들의 이익을 능숙하게 대변하지만 동시에 그들을 자기 자신의—상대적으로 특권이 부여된—지위를 굳히는 데 이용하는 자이다.

위험한 시기의 사회 · 도덕적 문제, 즉 '깨어 있음[경계태세]'이 중심에 놓여 있는 노벨레 『크레체토프카 역에서 생긴 일』은 더 역동적이며, 스탈린 시대의 문제들과 훨씬 더 밀접하게 결부되어 있다. 이 노벨레는 상투적으로 되어버린 스탈린식 구호들이 어떻게 삶의 모든 진정한 문제를 왜곡시키는지를 변증법적인 양면성 속에서 보여준다. 이 작품에서도—다른 작품들과 마찬가지로 진짜 노벨레답게—일회적 · 개인적인 갈등과 그 직접적인 해결만이 존재할 뿐이고, 여기서 내려진 결단이 이와 관련된 사람들의 삶과 이후의 발전 속에서 오늘날까지 어떻게 계속 영향을 미치고 있는지에 대해서는 암시조차 되지 않는다. 그러나 여기에서 그려진 충돌은, 이에 의해 야기된 긴장이 노벨레의 본래적인 틀을 넘어서는 폭넓은 파장을 불러일으키는 그런 성질을 띠고 있다. '깨어 있음[경계태세]'이라는 당시의 대안, '깨어 있으라'['경계태세를 갖추라']는 압력은 단지 저 사라진 날들의 화급한 문제에 불과한 것이 아니었다. 그 여파는—수많은 사람의 도덕적 인격을 형성했던 힘으로서—오늘날에도 영향을 발휘하고 있는 것이다. 수용소 소설[『이반 데니소비치의 하루』]은 일체의 전망, 현재에 대한 일체의 언급을 용감하면서도 체념적으로 포기할 수 있었는데, 현시 그 자체에서만 그랬던 것이 아니라 올바른 독자의 보완적 상상력 속에서도 [전망 등이 생기지 않도록] 그렇게 했다. 그러나 여기[『크레체토프카 역에서 생긴 일』]에서는 작품의 결말부에서 의도적으로 고통스러울 정도로 솔직하게 제기된 다음과 같은 물음이 우리를 기다리고 있다. 즉, 그 격정적인 젊은 장교는 그 체험을 어떻게 끝마칠까? 그러한 행동을 저질렀던 그는—그리고 그와 똑같은 부류의 수많은 사람은—어떤 종류의 인간으로 형성될까?

다른 유형의 노벨레만큼이나 예술적으로 형식에 충실한 이 노벨레의 이러한 특성은, 소련문학에서 대단한 열광과 격렬한 반발을 불러일으켰던 솔제니친의 최근작 『과업을 위하여』[19]에서 한층 더 강하게 나타난다. 여기에서는 종파분자들이 진보적 문학의 지지자들에게 던진 도전—'개인숭배'의 시기에 있었던 광범위한 대중의 건설 열기를 '개인숭배'와는 '무관하게' 현시해야 한다는 요구—이 대담하게 받아들여지고 있다. 이 작품은 한 지방도시에서 기술 전문학교를 신축하는 일을 다루고 있다. 옛 건물들로는 완전히 부족하고 학생들을 다 수용할 수 없는데도 당국은 필요한 건물의 신축을 관료주의적으로 지연시킨다. 그런데 이곳에는 상호신뢰를 통해, 정말이지 사랑을 통해 묶인 교사들과 학생들의 진정한 집단이 있다. 그들은 방학 때에 건물 신축 공사의 대부분을 자발적으로 떠맡아서 새 학년이 시작될 무렵에 그 공사를 완료한다. 노벨레의 첫 부분은 공사의 완료, 진정한 신뢰관계, 사제 간의 솔직한 토론, 자신들이 만들어낸 환경 속에서 이루어질 더 나은 생활에 대한 즐거운 기대 등을 활기차고도 생생하게 그리고 있다. 그때 갑자기 한 행정위원이 등장해 옛 건물들을 건성으로 시찰한 후 모든 것이 '완전히 정상'이라고 판단하고는 또 다른 시설의 신축을 떠맡긴다. 당기관에 있는 어떤 호의를 가진 사람이 도와주려고까지 한 교장의 필사적인 노력들이 무위로 돌아간 것은 당연한 일이다. 스탈린 시대의 기관이 저지르는 관료주의적인 자의(恣意)를 상대로

---

19 옮긴이: 이 작품은 아직 번역되지 않았는데, 솔제니친을 다룬 글들을 보면 『일의 유익을 위하여』, 『공공을 위하여』 등으로 소개되고 있다. 『과업을 위하여』는 독일어 번역본 제목인 "*Zum Besten der Sache*"를 옮긴 것이다.

투쟁한다는 것은, 설사 지극히 정당한 일이 문제일 때라도 헛된 일인 것이다.

이것이 전부이다. 또한 그래서 이것은 스탈린 시대에 진정한 능동적 열기가 존재했다고 하는 종파주의적 · 관료주의적인 전설에 대해 정곡을 찌르는 정확한 반박이 된다. 분별 있는 사람치고 그러한 열기가 계속해서 존재했다는 사실을 부정한 이는 없었다. 전설은 그와 같은 사회주의적 열정이 '개인숭배'와 '나란히', 그리고 그것에 의해 방해받지 않고(심지어 촉진되어) 생산적으로 전개될 수 있었다는 데에서 시작한다. 솔제니친의 작품에서 우리는 그처럼 불타오르는 열기를 보게 되지만, 그것은 동시에 스탈린적 기관이 마련해주는 전형적인 운명을 동반하는 것이다. 솔제니친의 다른 작품들과 마찬가지로 이 노벨레 또한, 현재의 인간으로 이어지는 인간 운명의 실을 암시조차 하지 않은 채 문제가 아주 입체적으로 우리 앞에 제시되는 지점에서 끝난다. 외연적인 틀도—이 또한 진정 노벨레답게—꽉 짜여 있다. 즉, 앞서 나오는 당국의 사보타주도, 마지막에 나오는 상급 기관의 자의적 행동도—물론 아주 설득력이 있는—단순한 사실 이상으로 구체화되지는 않는다. 여기에서도 솔제니친은 주석을 달지 않는 절제되고 객관적인 현시수단들을 사용하여 이러한 사실에서 전형적인 것을 명백하게 만드는 데에 성공하고 있다. 물론 이것은 한갓 기법적인 문제가 아니다. 이 중요한 의도는 다름이 아니라 솔제니친이 이 같은 암시적 형상화 방식을 사용하여 자신의 모든 인물과 그들의 상황을 전형적인 것으로서 살아 있게 만들 수 있기 때문에 성공할 수 있다. 관료체제의 발생과 그것의 내적 분규, '과업'의 '숭고한' 객관성 배후에서 작용하고 있는, 출세를 위한 개인적 이해관계 등은 소설의 틀 바깥에 머물러 있다. 노벨레에서는 그런 것들이 명백하지만 일반적인 것으로 뭉뚱그려져서만 나타난다. 과업의 가면을 쓴 관료들의 비인간성이 지극히 명료하게 우리 앞에 제시되긴 하지만, 그들은 사회적으로도 인간적으로도 내부로부터 조명되지 않는다. 개인별로 한층 더 분화되어 나타나는 것은—물론 이 또한 이러한 노벨레적 간결성 안에서 이루어지는데—교사들과 학생들이 처음에 지녔던 열정이다. 그렇기 때문에 내전기에 있었던 '공산주의적 토요일'에 대한 기억이 이따금 등장해도 전혀 상투적이지 않은 효과를 낳는다. 그러나 결말은 다시금—노벨레라는 형식의 측면에서 볼 때는 정당하게도—갑작스럽다. 즉, 단순한 사실들이 펼쳐진 후 막이 내려지며, 이러한—그리고 이와 유사한—경험과 체험들이 교사와 학생들에게 어떤 영향을 미쳤는지, 이후 그들은 어떤 형태의 삶을 살아나갔는지, 그들이 현재의 삶에서는 어떤 인간이 되었는지 하는 실질적이고 지금 몹시 중요한 문제들은 아무 답도 주어지지 않은 채로 있다. 종결부는 제대로 된 독자들에게 이러한 의문들을 불러일으키는 선까지만 구체화되며, 이 의문들은 그런 독자들에게 오랫동안 반향을 불러일으키면서 생생하게 남아 있다. 이렇게 재차—이번에는 훨씬 더 구체적인 방식으로—스탈린적인 과거에서 비롯된 오늘날의 근본적 문제들에 대한 긴요한 암시가 이전의 다른 모든 소설에서보다 더 강력하고 더 확실하며 더 명확한 모습으로 나타난다. 그렇기 때문에 이 노벨레는 『이반 데니소비치의 하루』가 지닌 내적 종결성, 완전성, 자체 완결성을 가질 수 없으며, 따라서 순전히 예술적인 면에서 볼 때는 그 작품보다 수준이 떨어진다. 그러나 미래에 대한 탐색으로서는 이 노벨레가 이전 작품들에 비해 크게 한 걸음 앞으로 나아간 것이다.

4.

이 발걸음이 언제 완수될 것인지, 솔제니친 자신에 의해서 완수될 것인지 아니면 다른 작가들 혹은 제삼자에 의해서 완수될 것인지에 대해서는 지금 어느 누구도 예측할 수 없다. 사실 솔제니친이 어제와 오늘의 이러한 연관관계를 탐색했던 유일한 작가는 아니다(이와 관련해서는 네크라소프[20]의 이름을 드는 것으로 충분할 것이다). 스탈린 시대에 대한, 다시 말해 오늘날 활동하고 있는 거의 모든 사람의 인간적 · 도덕적인 전사(前史)에 대한 해명을 거쳐 현재를 해독하는 일에 단호히 다가섬으로써 실제로 어떤 결과가 생길 것인지를 알 수 있는 사람은 아직 아무도 없다. 이 경우에 사회주의 국가들, 특히 소련에서 이루어질 사회

---

20 옮긴이: 빅토르 네크라소프(Viktor Nekrasov, 1911~1987)는 러시아 소설가이다. 2차 세계대전 종군체험을 바탕으로 장편소설 『스탈린그라드의 참호에서』(1946)를 썼으며, 관료주의에 맞선 제대병의 투쟁을 그려 이른바 '해빙' 문학의 원형을 이룬 『고향의 거리에서』(1954)로 유명하다. 1974년에 소련 공산당에서 제명당한 후 외국에서 살았다.

적 존재의 진행, 사회주의 의식의 자기갱신 및 재강화의 진행이 결정적으로 중요하게 되겠지만, 이때 마르크스주의자라면 누구나 다 이데올로기의, 특히 문학과 예술의 필연적으로 불균등한 발전을 고려해야만 한다.

따라서 우리의 설명은 이러한 문제에서 그러한 '사실'의 불가피성을 확인하는 데에서 멈출 수밖에 없으며, '어떻게'와 '누구에 의해서'라는 물음에 대한 답은 완전히 열어둘 수밖에 없다. 그만큼 확실한 것은, 사회주의 리얼리즘의 이 새로운 전개를 가로막는 강력한 장애물과 제동장치들이 존재한다는 사실이다. 무엇보다도 스탈린의 교리와 방법들에 여전히 충실하거나 적어도 그렇게 행동하는 사람들의 저항이 존재한다. 모든 혁신에 대한 그들의 공공연한 반대가 그간에 수많은 사건을 통해 누그러진 것은 사실이다. 하지만 그들은 스탈린의 학교에서 전술적인 능란함을 체득했다. 그리하여 우회적으로 생겨난 제동장치들은 아직 도래 중에 있는, 내적으로 불확실할 때가 빈번한 새로운 것에 해를 가할 수 있는데, 상황에 따라서는 예전 양식의 조야한 행정적 조치들보다 더 큰 해를 끼칠 수 있다(물론 지금도 그런 조치들이 없지 않으며, 많은 해를 끼칠 수 있다).

다른 한편, 진정으로 새로운 것을 향한 이러한 운동은 현시기법 측면에서의 현대성(Modernität)에 대한, 오늘날 중심을 이루고 있는 정신적으로 편협한 논쟁들에 의해 저지되고 오도될 수 있다. 이미 앞에서 우리는 그러한 방식으로는 본질적인 것에 도달할 수 없다고 암시한 바 있다. 그도 그럴 것이 예술적으로 중요한 것은, 자연주의적 토대 위에 세워진 대다수 현시방식이 발원한 저 삶에 대한 시각을—아주 폭넓은 의미에서—극복하는 것이다. 수많은 작가가 이러한 기법적 해결책들에 매달려 있는 한, 스탈린의 종파주의적인 추종자들이 다소간 유연한 전술을 구사하면 우리가 서술했던 1930년대의 상황이 아주 쉽게 되풀이될 수 있다. 예컨대 더럴[21]식의 '양식'이 시대의 진정한 문제들을 잊도록 방향을 바꾸는 데 이용되는 것이다. 물론 이 영역에서도 진지하게 대해야 할 현상들이 있다. 스탈린 시대는 사회주의에 대한 많은 사람의 믿음을 뒤흔들어 놓았다. 그래서 생겨난 의혹과 환멸들은—주관적인 측면에서 보자면—전적으로 정직하며 진솔한 것일 수 있다. 그렇지만 그것들이 표현을 얻고자 노력할 때 그것들은 아주 쉽게 서구적 경향들을 추종하는 것으로 끝날 수 있다. 그런 작품들은 순전히 기예적인 관점에서 볼 때는 흥미로울지언정 대개는 어느 정도의 아류성에서 벗어날 수 없다. 그도 그럴 것이, 예컨대 카프카(Franz Kafka)의 비전(Vision)은 실제로 히틀러 시대의 암울한 무(無), 모종의 숙명적 현실을 향해 있는 것이지만, 베케트(Samuel Beckett) 같은 작가의 무는 역사적 현실에서 그 어떤 본질적인 것도 더 이상 부합하지 않는 허구적 심연들을 가지고 벌이는 단순한 유희이다(백년도 더 전부터 지식인 부류 중 많은 사람이 인류 발전의 대의—비록 그 현상방식들이 과도기상에서는 아직 심히 문제적일지라도—에 대한 믿

21 옮긴이: 로런스 더럴(Lawrence Durrell, 1912~1990)은 영국의 작가이며 외교관이다. 4부작 소설 『알렉산드리아 4중주』로 명성을 얻었으며 시인으로서도 이름을 떨쳤다.

음 보다 회의와 염세주의를 더 고상한 것으로 여겨왔다는 것을 나는 잘 알고 있다). 하지만 발미에서 괴테(Johann Wolfgang von Goethe)가 한 말[22]은 여자들이 하이에나가 될 것[23]이라는 말보다 더 분명하게 미래를 예시(豫示)하며, 괴테의 작품에서도 그것은 파우스트의 마지막 독백을 암시하고 있다. 셸리(Percy Bysshe Shelley)는 샤토브리앙(François Chateaubriand)보다 더 독창적이고 생명력이 더 길다. 그리고 고트프리트 켈러가 1848년[1848년 혁명과 그 실패]에서 배운 것은 슈티프터[24]가 배운 것보다 더 많고 더 풍부했다. 이와 마찬가지로 오늘날—세계사적으로나 세계문학상으로—특히 중요한 작가들은, 스탈린 시대를 통해 자신의 사회주의적 확신을 심화하고 경신하도록 자극받은 작가들이다. 이러한 신념을 잃어버리고 서구적 경향들을 추종하는 가운데 '흥미로운 것'을 생산하는 작가들 중 가장 성실하고 재능 있는 작가들조차도, 오늘날 그 모습을 감춘 채 아직 도래 중에 있는 힘들이 펼쳐지면

22 옮긴이: 1792년 8월, 괴테는 혁명 프랑스군과 싸우는 독일연합군에 가담하여 독일 국경 쪽으로 넘어갔다. 이 사이의 사정은 일기체로 된 『프랑스에서의 회전(會戰)』에 상세히 그려져 있다. 발미(Valmy)에서의 말은 1792년 9월 19일의 공격 실패 후 괴테가, "여기에서부터 그리고 오늘부터 세계사의 한 새로운 시대가 시작된다. 그러므로 여러분은 그곳에 있었노라고 말할 수 있다"라고 한 말로 짐작된다.

23 옮긴이: 프리드리히 쉴러(Friedrich Schiller)의 「종(鐘)의 노래」("Das Lied von der Glocke")에 나오는 문장.

24 옮긴이: 아달베르트 슈티프터(Adalbert Stifter, 1805~1868)는 오스트리아의 작가이다. 고전적인 순수함을 갖춘 그의 소설은 소박한 생활의 작은 미덕을 높이 찬양하는 내용으로 되어 있다. 그의 최고 걸작으로는 『늦여름』이 꼽힌다.

단순한 아류로 드러나게 될 것이다.

거듭 말하거니와 이 자리는 전위주의(Avantgardismus)의 문제를 제기할 자리가 아니다. 나는 브레히트(Bertolt Brecht)나 후기의 토마스 울프,[25] 그리고 엘사 모란테[26]나 하인리히 뵐(Heinrich Böll) 등등과 같은 작가들이 지속적인 생명력을 지닐 가능성이 있는 중요하고도 독특한 작품들을 창작했다는 것을 잘 알고 있다. 여기에서는 사회주의에 대한 환멸이 서구의 소외된 회의의 양식형태들과 만나면 결국에는 일종의 아류가 생길 수밖에 없다는 것을 말하고 있을 뿐이다. 정직한 인간이 삶의 현상들에서 얻게 된 환멸을 극복하는 것은 오직 삶 자체 속에서만, 자신의 삶 속에서 사회 · 역사적 현실과 대면할 때에만 가능하다는 것은 더 말할 필요가 없을 것이다. 문학적 논증은 여기에서 무력할 수밖에 없다. 그리고 행정적 조치는 유행하는 것을 귀족주의적인 비전(祕傳)보다 훨씬 더 공고하게 만들고, 성실한 모색자들을 이제까지보다 훨씬 더 사회주의에서 멀어지게 만들 뿐이다.

솔제니친이라든가 그와 같은 노력을 하는 사람들은 그 같은

---

25 옮긴이: 토마스 울프(Thomas Wolfe, 1900~1938)는 미국의 소설가이며 극작가이다. 첫 소설 『천사여 고향을 보라』로 유명해졌다. 『시간과 강에 관하여』로 많은 논란을 불러일으켰으며 방대한 분량의 미발표 원고를 남겼다.

26 옮긴이: 엘사 모란테(Elsa Morante, 1918~1985)는 이탈리아의 소설가이며 시인이다. 서사적이고 신화적인 성격의 작품들로 알려져 있으며 그의 소설들은 주로 성장소설의 성격을 띤다. 『거짓말과 저주』, 『이야기』 등의 소설로 유명하다.

유의 모든 형식 실험과는 거리가 멀다. 그들은 예술에서 언제나 진정한 형식 혁신의 출발점이었던 저 현실을 인간적이고 정신적으로, 사회적이고 예술적으로 철저하게 파고들려고 시도한다. 솔제니친이 지금까지 했던 생산들에서 이 점을 확인할 수 있으며, 또한 그것들이 마르크스주의의 현재적 갱신이라는 문제영역과 맺고 있는 연관관계를 분명하게 만드는 것도 그리 어렵지 않을 수 있다. 하지만 이보다 더 나아가, 도래할 시대의 양식에 대해 미래 선취적인 판단을 내린다면 그것은 모두 다 이론상으로는 공리공론이 될 것이며 예술상으로는 견강부회가 될 것이다. 지금까지 분명해진 것은 다음과 같다. 오늘날 개혁 중에 있는 사회주의에서 도래할 큰[大] 문학은—바로 그 종국의 결정적인 형식문제들에서—1920년대에 있었던 첫 고양의 직선적인 연속이거나 그것으로의 복귀일 수가 없다. 그도 그럴 것이 갈등의 구조, 인간들 및 그들 상호 간 관계의 질적인 특성은 그때 이래로 근본적인 변화를 겪었다. 그리고 모든 진정한 양식은 작가들이 자기 당대의 삶에서 그 삶을 가장 깊이 특징짓고 있는 특유의 역동적 · 구조적 형식들을 간취할 때에, 그리고 그 형식들의 가장 깊고도 전형적인 고유성이 적절하게 표현되는, 그 형식들과 등가적인 반영형식을 발견할 수 있을 때에—여기에서 진정한 독창성이 표현되는데—생겨나는 법이다. 1920년대의 작가들은 부르주아 사회에서 사회주의 사회로 넘어가는 질풍 같은 이행기를 형상화했다. 그 당시 경로는 평화시대의 안정(객관적으로는 물론 밑에서부터 붕괴되고 있었던)에서 전쟁과 내전을 거쳐 사회주의로 이어지는 것이었다. 사람들은 스스로 어디에 속할 것인지를 선택하는 결정 앞에 확연히 극적으로 놓여 있었다. 그들은 자주—그리고 많은 경우 아주 극적으로—한 계급적 존재에서 다른 계급적 존재로 자리바꿈을 해야만 했다. 그러한, 그리고 그와 유사한 생활 사실들이 1920년대 사회주의 리얼리즘의 양식을 규정했다.

선택적 상황의 구조와 동역학은 오늘날 전혀 다르게 변했다. 외적인 극적 충돌은 드문 예외적 경우에 속한다. 사회적 삶의 표면은 많은 경우 오랜 시간을 지나도록 거의 변하지 않은 것처럼 보이며, 가시적인 변화들도 천천히 점진적으로 이루어지고 있다. 이에 반해 수십 년 전부터 인간의 내적인 삶에서 근본적인 변혁이 진행되고 있는데, 이는 이미 지금도 사회의 표면에 영향을 미치고 있음은 물론이고, 나중에 생활형태를 조형하는 일에서 점점 더 큰 의미를 지니게 될 것이다. 과거에도 그랬지만 현재에도 강세가 두어지는 곳은 인간의 내적 삶, 윤리적 삶이며 바깥으로 표현되기 어려운 인간의 윤리적 결정이다. 하지만 내면성이 이같이 예술적으로 우세하다고 해서 이를 특정한 서구적 경향들과 유사한 것으로 보는 것은 잘못일 것이다. 후자에서는 절대적인 것처럼 보이는 소외의 지배가, 겉보기에는 아무런 제한이 없는 것처럼 보이지만 실제로는 무력한 내면생활을 산출하고 있다. [이와 달리] 여기에서 말하는 것은, 그 대다수가—당분간은—가시적 행위로 터져 나올 수 없거나 예외적 경우에만 터져 나올 수 있는 일련의 내적 결정이다. 그런데 이것의 본질적 표지는 빈번히 비극성으로까지 고양되는 극적 성격(Dramatik)이다. 문제는 이러한 인간들이 얼마나 빨리, 얼마나 깊이 스탈린 시기의 위험을 인식하는지, 그 위험에 어떻게 반응하는지, 그리고 그런 식으로 쌓인 그들의 경험, 그들의 입증[인간으로서의 자기 입증] 또는 좌절, 그들의 의연함, 그들의 파멸 혹은 순응, 그들의 투항 등이 오늘날의 행동방식에는 어떻게 영향을 미치고 있는지 하는 것이다. 분명한 것은, 가장 진정한 입증이란 스탈린적인 왜곡을 거부함으로써 진정 마르크스주의적인, 진정 사회주의적인 확신을 강화하고 심화함과 동시에 그 확신을 새로운 문제들을 향해 열어 놓는 데 있다는 것이다.

논의를 더 이상으로 진전시킬 필요는 없겠는데, 현재 전체와 그 역사적 발생을, 그리고 인간의 행위방식의 전형적인 변화들을 대강이라도 특징짓고자 하는 것이 이 글의 의도는 아니기 때문이다. 나의 의도는 1920년대의 현실이 그 당시의 문학에 요구했던 것과는 다른 양식을 오늘날 사회주의 리얼리즘에게 명령하고 있는 생활토대를 제시하려 한 것인데, 이처럼 충분치 못한 암시들을 통해서나마 그 의도가 내게는 분명하게 드러나는 것처럼 보인다. 그리고 이러한 확인으로 만족할 수밖에 없다. 다만 내가 덧붙일 수 있는 말은, 솔제니친의 노벨레 형식이 실제로 이러한 토대 위에서 성장했다는 것이다. 장래의 작가들이 자신들의 연결점을 어디에서 찾을 것인가 하는 것은 그들 자신의 일이다. "내가 찾는 곳에서 나는 내게 좋은 것을 취한다"라는 [몰리에르(Molière)의] 말은 언제나 독창적이고 중요한 작가들의 모토였다. 그리고 그들은 "내게 좋은 것"이 진짜 값어치 있는 것인가 아닌가 하는, 모든 선택에 내포되어 있는 위험을 항상 기꺼이 그리고 책임감 있게 받아들였다. 더 작은 작가들에게는 이렇게 위험을 무릅쓰기가 경박하거나 경솔한 일이 될 수도 있다. 이론은 그러한 변화의 가장 일반적인 사회적 윤곽을 미리 제시할 수 있을지언정 예술상으로 구체적인 모든 것에 관해서는 사후(事後, post festum)에나 말할 수밖에 없다. (1964년)

Ⅱ
솔제니친의 장편소설들

Ⅱ
솔제니친의 장편소설들

나는 솔제니친의 노벨레들이 1920년대 사회주의 리얼리즘의 위대한 전통을 갱신하는 중요한 한걸음임을 확실한 근거를 갖고 인정했다.[1] 그렇지만 당시 나는 솔제니친 자신이 사회주의 리얼리즘을 부활시키고 세계문학적 의미를 지니도록 그것을 새로이 향상시킬 것인지에 대해서는 답을 내리지 않는 신중한 자세를 취했다. 지금 나는 기꺼운 마음으로, 내가 지나치게 신중했다고 단언할 수 있다. 막 출판된 장편소설 두 편[2]이 현재의 세계문학에서 잠정적인 정점으로 보이기 때문이다.

이 두 작품의 이데올로기적 · 미학적인 한계들은 이 글을 끝맺음하는 고찰에서 다루어질 수 있다.

---

1 옮긴이: 앞의 글 「솔제니친—『이반 데니소비치의 하루』」 참조.

2 옮긴이: 『암병동』과 『지옥의 제1권(第一圈)』을 말한다. '지옥의 제1권'이라는 제목은 단테의 『신곡』에서 가져온 것이다.

이 새로운 고양이 과거 전성기의 단순한 직선적 · 직접적인 연속일 수 없을 것이라고 예측한 바 있는데, 이러한 예측이 맞았다는 것이 아주 분명하게 입증되었다. 예전이나 지금이나 참으로 탁월한 작가들은 직접적으로나 가장 깊은 의도에 있어서나 그들 당대의 사회 · 인간적 중심문제들에 관심을 기울이는데, 바로 그렇기 때문에 내용과 형식의 그와 같은 질적 차이가 생겨날 수밖에 없다. 차르주의에서 물려받은 계급관계들의 적대적 구조를 아주 극적으로 파괴하는 일과 명백히 필연적으로 된 스탈린 시대의 극복 사이에는—내적으로나 외적으로, 형식상으로나 내용상으로—별로 공통점이 없다. 문학적 표현에서도 사정은 마찬가지이다. 물론 그렇다고 해서 가장 일반적인 역사적 연속성이 파기될 수는 없다. 하지만 그 연속성은 불균등한 방식으로 작동한다. 1차 제국주의 전쟁과 더불어, 그 전쟁이 제기한 문제들에 대해 1917년 10월의 위대한 날들이 제시한 대답과 더불어 새로운 세계상태가 사회적 현실이 되었다. 세계상태를 참되게 파악하고 표현하고자 하는 작가나 사상가치고 새로운 세계상태의 이러한 전반적 통일성을 깡그리 무시할 수 있는 사람은 아무도 없다. 바로 자기 당대의 특성을 현시하고자 하는 노력이 참될수록, '시대의 요구'를 충족시키고자 하는 의지가 강할수록 더욱더 그럴 수가 없다. 하지만 그렇게 생겨나는 문제의 연속성은, 그것이 실제로 관철된다면 자주, 아니 대개의 경우, 개별 단계들의 현격한 불연속성으로 나타날 수밖에 없다.

이는 사회 현실 자체에서 과거에도 그랬고 현재도 그런 일이다. 일찍이 1921년에 레닌이 '신경제정책'을 도입한 것은 '전시

(戰時) 공산주의'와 단호히 단절한 것이었다. 그것은 기껏 해봐야 형식적인 개선만 하고 '전시 공산주의'를 아무런 단절 없이 그대로 밀고 나간 것과는 다른 것이었다. 그와 같은 불연속성은 무엇보다도 사회적으로 생산적인 행위의 법칙을 보여준다. 물론 강력한 체제들에서는 강고한 연속성의 원리들이 존재하는 경우도 허다하다. 일체의 위기를 피하려는 지나치게 소심한 시도들이 그래서 생겨나는데, 하지만 이러한 시도들은 객관적이고 장기적으로는 결국 위기 경향들을 첨예하게 만드는 데 기여할 뿐이라는 것을 어렵지 않게 알 수 있다.

문학과 관련하여 이런 점을 분명히 해두는 것은 특별한 중요성을 지닌다. 그도 그럴 것이 다음과 같은 점은 아무리 강조해도 부족하다. 즉, 진정한 문학은 매일 매일의 실천을 위한 구체적인 처방을 만들어내거나 그것을 선전하기 위해 존재하는 것이 아닐뿐더러, 중대한 사회적 문제들과는 무관함을 참칭하는, 실제로는 그 어디에도 존재하지 않는 직접적으로 사적 · 개인적이고 단자적인[3] 생활표현들을 형상화의 유일한 대상으로 만

3 옮긴이: '단자적'은 'partikular'를 옮긴 말이다. 루카치의 후기 텍스트에는 'partikulär/partikular'뿐만 아니라 그 명사형인 'Partikularität'이라는 단어가 빈번히 등장하는데, 이는 보편성과의 매개가 결여된, 낱낱이 단자화된 직접적 개별성을 지칭하는 말로서(따라서 '추상적 개별성'이라고 할 수 있다), 비단 개인뿐만 아니라 집단, 사회문화적 현상 등에도 적용될 수 있는 말이다. 앞서 소개한 『사회적 존재의 존재론을 위한 프롤레고메나』에서 우리는 이 단어를, '개별성'으로 옮긴 'Einzelheit'와 '특수성'으로 옮긴 'Besonderheit'와 구분하기 위해, 그리고 그 책에 나오는 '단자(Monad)'와도 구분하기 위해

들기 위해 존재하는 것도 당연히 아니다. 호메로스에서 오늘날에 이르기까지 모든 시대의 위대한 문학은 궁극적으로, 주어진 사회상태 · 발전단계 · 발전경향이 인간존재와 인간화의 방향에 어떻게 영향을 미치며, 탈(脫)인간화, 인간의 자기 자신으로부터의 소외의 방향에는 또 어떻게 영향을 미치는지를 보여주는 것으로 '만족'했다. 이런 식으로 보여주는 것은 구체적으로 작동하고 있는 사회적 힘들의 형상화 없이는 문학적으로 생각도 할 수 없는 일이다. 그렇기 때문에 사회적 존재 자체가 직접 산출할 수 있는 것보다 한층 더 명확한 사회적 존재의 형상이 이러한 견지에서 생겨난다. 따라서 경우에 따라서는 사람들의 사회적 실천에서 적지 않은 효과가—물론 많은 경우 '표면에 드러나지 않은' 채로—발생할 수 있다. 진정한 문학의 당파성(Parteilichkeit)은 '시대의 요구'를 충족시키는 가운데 그러한 복합체로, 사회적 현상들의 그러한 본질로 집중할 수 있으며, 단순한 시사적 문제들에 해결방향들을 직접 제공해야 한다는 책무를 느낄 필요가 없다는 바로 그 점에서 단순한 시사문학의 경향성들(Tendenzen)과 구분된다. 그러한 해결방향들은 사회 현실 자체 속에 내포되어 있듯이 사진술적인 모상(模像)들 속에도 내포되어 있으며, 후자에서 물론 실천을 위해서도 검색될 수 있다.

이러한 점에서 볼 때 솔제니친은 초창기 사회주의 리얼리즘

'개별특수성'으로 옮겼고, 이에 따라 'partikulär/partikular'는 '개별특수적'으로 옮겼는데, 여기서는 '단자적'으로 옮겨본다. 이에 따라 'Partikularität'은 '단자성'으로, 'Partikularismus'는 '단자주의'로 옮겼음을 밝혀둔다.

의 최선의 경향들을 상속받고 있을 뿐만 아니라 위대한 문학의 막강한 유산, 무엇보다 톨스토이와 도스토옙스키의 유산도 물려받고 있다.

1.

양식(Stil) 문제는 언제나—특히 직접적으로—현재 특유의 표현과 관련된 문제이다. 여기에서 우리는 지금까지 간헐적으로조차 조명된 적이 없었던 한 현상과 마주하고 있다. 그런데 예술사와 문학사에서 사용된 양식 개념이 물신화된 선험성으로 굳어지는 일이 빈번했다는 것을 미리 말해둘 필요가 있다. 이 문제를 여기에서 논할 수는 없기 때문에, 아래에서는 형식적—물론 내용에 의해 제약된—구성방식들에 대해서 이야기할 것이라는 점을 밝혀둔다. 형식적 구성방식들은 각각의 발전단계의 특수한 문제복합체로 말미암아 생겨나며, 따라서 예술적으로 중요한 일정한 형식적 통일성에도 불구하고 내실의, 그리고 이에 따라 형식의 아주 광범위한 분화를 가능하게 만들고, 더욱이 진정한 예술가들에게서는 그런 분화를 곧바로 야기한다. 다음과 같은 점도 덧붙여 말해 둘 필요가 있겠다. 즉, 새롭고 중요한 사회적 내용복합체를 분명하게 만들기 위해 그렇게 특정한 형식화 방식이 등장한다고 해서 그것이 반드시 절대적인 지배권을—한 특정 단계에서조차도—확립하란 법은 없다. 그것은 그 시기의(심지어는 그러한 형식화 방식을 구사하는 작가들의) 생산에서 일시적으로나마 지배적이거나 독점적인 위치를 점하지 않고도 중요하고도 영향력이 큰 형식화의 선도체일 수 있다.

솔제니친의 장편소설들이 지닌 새로운 형식적 특징들을 구체적으로 파악할 수 있기 위해서 그 원리를 해명하려면 무엇보다도 토마스 만(Thomas Mann)의 『마의 산』을 참조해야 한다. 이 장편소설의 새로움을 밝혀내기 위해서는, 장편소설 형식이 발생했던 시기의 위대한 리얼리즘이 사회 현실을 전체적으로, 그리고 이와 동시에 감각적이고 명료한 통일성을 띤 완결체로 현시할 수 있기 위해서 처음에는 더 예전의 윤리 속에 있는 객체들의 '총체성'을 지향했다는 사실만 상기해보면 된다. 주제가 극히 절제되어 나타나는 곳에서조차도—디포(Daniel Defoe)의 『로빈슨 크루소』를 생각해보라—이러한 객체들의 총체성이 기반으로서 분명히 감지될 수 있다. 나중에 19세기의 자연주의는 현시되는 사회를 '사회학적으로' 규정된 '환경(Milieu)'[4]으로, 그리고 행위하는 인간에 대한 묘사를 때때로 전형적이라 불리곤 했던 평균성으로 환원했는데, 그때에도 이 두 대상성 그룹[사회와 인간]과 관련해서 총체성의 추상적 요구는 보전되어 있다. 물론 이제부터는 사이비 과학적인 '사회학적' 추상성의 의미에서만 그러한데, 그럼으로써 '객체들의 총체성'의 가장 중요한 서사

4 옮긴이: 이 책에서는 'Milieu'뿐 아니라 'Umgebung' 'Umwelt' 등도 '환경'으로 옮겼다. 그런데 이 중 'Milieu'는 자연주의가 근거로 삼았던 당시의 '사회학'에서 결정론적으로 이해된 '환경'을 뜻한다. 아래에서 '환경'이 이런 의미로 쓰일 때는 원어를 병기한다.

적 형상화상의 결과, 즉 객체들에 대한 인간적 반응들의 총체성(Totalität der menschlichen Reaktionen)은 사라져버렸거나 아니면 최소한 심하게 퇴색해버렸다. 그러한 현시방식의 발생이 필연적이라고 해서 이를 통해 예전 양식의 리얼리즘이 대체될 수 있었다고 주장하는 것은 경박한 처사일 것이다. 만약 그랬다면 그것은 역사적으로 중요한 모든 서사적 형상화 방식의 종말을 의미했을 터이다. 그렇지만 사회의 구조와 동역학에서 일어난 변화들이 모종의 문제들, 즉 적합한 서사적 반영을 위해 새로운 구성수단을 필요로 하는 듯이 보였던 문제들을 제기한 것은 사실이다. 그런 유의 새로움은 세계전쟁과 사회주의 혁명 같은 위기 시에 다양한 모습으로 나타났다. 비록 문학계의 공론에서는 『마의 산』이 형식적 혁신을 시도한 것으로 여겨지는 경우가 드물지만, 우리는 바로 이 장편소설에서 토마스 만은 혁신자로서, 요란하고 강령적인 선언들(예컨대 '신(新)즉물주의')을 내세운 그의 수많은 동시대인보다 한층 더 중요한 인물이었다고 생각한다. 그 이유는 무엇보다도—우리가 앞으로 보게 되다시피—그가 바로 반응들의 총체성 문제를 이 장편소설 구성의 중심에 두었기 때문이다.

『마의 산』에서 이루어진 구성상의 혁신을 일단 순전히 형식적인 측면에서 보자면, 무대의 통일성이 서사적 구성의 직접적 기반으로 만들어진다고 기술할 수 있다. 즉, 이 장편소설에서 형상화된 인간들은 그들의 생활과 활동의 '자연스러운' 장소로부터 떨어져 나와 그들에게 새로운 인공적 환경(여기에서는 결핵요양소)으로 옮겨진다. 이를 통해 무엇보다도 다음과 같은 결과가 초래된다. 즉, 장편소설의 인물들은 생활에서 흔히 그러하며 예술에서는 한결 빈번히 그러한 '정상적 방식'으로, 다시 말해 출생, 일 등등을 통해서 서로 관계를 맺는 것이 아니라, 이제부터 그들이 지니게 된 실존의 '우연한' 공동영역에 의해서 그들 상호 간의 인간적, 정신적, 도덕적 관계의 새로운 기본형태가 창출된다. 여기에 현대적 노벨레의 특정 형식들과 어떤 친화성이 존재한다는 것은 『마의 산』의 초안이 노벨레였다는 사실에서 이미 드러난다. 그 초안은 [토마스 만의 또 다른 노벨레인] 『베니스에서의 죽음』과 반어적 대응관계에 있는 것이었는데, 이미 그 초안에서 전혀 새로운 환경으로의 자리바꿈에 따른 분위기의 변화가 그때까지 잠재적인 상태로 있었던 주인공의 이데올로기적 갈등을 희비극적인 폭발로 이끄는 실질적 동인으로서 의미를 지니고 있었다. 노벨레가 그와 같은 양식의 보편적 장편소설로 성장·전화한 것은—우리는 솔제니친의 작품들에서도 이와 유사한 이행을 확인할 수 있을 것인데—발생의 유사한 계기들, 현실에 대한 관계의 가장 일반적인 규정들을 암시할 뿐이지, 결정적인 내적·실질적 연관성을 의미한다고 보기는 힘들다. 토마스 만의 경우에 이러한 성장·전화의 직접적인 모티프는, 인물들이 자신들의 새로운 환경에 대해 행하는 반응들이 보편성으로 펼쳐져 나가면서 갖는 폭과 깊이 바로 그것이다. 이 새로운 환경은 형식의 기능전환을 가져온다. 즉, 베니스는 구스타프 폰 아셴바하[5]의 삶에 지속적으로 잠재해 있었던 갈등이 폭

5 옮긴이: 구스타프 폰 아셴바하(Gustav von Aschenbach)는 토

발하는 장소이긴 하지만 궁극적으로는 우연한 장소인데 반해, 결핵요양소는 직접적으로는 단지 무대에 불과하지만 본질적으로는—대개 여기에서 처음 서로 접하게 된 사람들의 다소간 강요된 공통의 체류장소 바로 그것으로서—인물들로 하여금 고향에서는 결코 의식한 적이 없었던 삶의 문제들을 의식하게 만들고 자기 자신과 담판 짓게 하는 충동을 일깨운다. 따라서 그것은 이데올로기적인 문제들의 실제적이고 직접적인 유발인자인바, 그 이데올로기적인 문제들은 도처에 잠재적으로 존재했지만 여기에서야 비로소 그 총체적인 모순성 속에서 펼쳐져 의식되기에 이른다.

노벨레로부터 이 특별한 새 구성양식으로의 이행이 이루어졌을 때 토마스 만 자신이 그 연관관계를 얼마만큼 의식했던가 하는 것은 여기에서 중요하지 않다. 이데올로기적인 문제들이 사회에서 필연적으로 첨예화되고 인간 생활에서 과거 그 어느 때보다도 더 중요하게 되었던 1917년 이후, 유사한 구성방식들이 비록 항상 굴절 없는 현상방식으로는 아닐지라도 거듭 나타났던 것은 분명한 사실이다. 『마의 산』과 거의 동시기에 나온 싱클레어 루이스(Sinclair Lewis)의 『애로스미스』가 그 하나의 예인데, 물론 후자에서 그 구성방식은 교육소설을 위한 배경이기도 하다(교육소설의 일정한 요소들은 토마스 만의 장편소설에도 있다). 비록 중단되어 완성되지는 못했지만 로베르트 무질(Robert Musil)의 『특성 없는 남자』도 또 다른 예인데, 여기에서는 계획

마스 만의 노벨레 『베니스에서의 죽음』의 주인공이다.

된 '위대한 행동', 즉 합스부르크 군주정의 붕괴를 숨기기 위한 것이지만 바로 그 때문에 그 사실을 알게 만든 '위대한 행동'이 결핵요양소 역할을 맡고 있다. 여기에서 분명해지는 것은, 대답을 야기하는 사회적 현상이 무조건 새로운 체류장소일 필요는 없고, 반응들을 유발하는 그와 같이 익숙지 않은 힘이 내재해 있는 사회적으로 객관적인 어떤 것이기만 하면 된다는 것이다. 직접적으로는 이질적인, 평소 직접적으로는 서로 무연한 표현들의 새로운 심화가 여기에서 형식상 결정적으로 중요하다. [『특성 없는 남자』를] 형식 측면에서 보자면 작품의 내적 단절은 무질이 원래의 구상(그리고 이를 위해 문학적으로 필요한 서사방식)을 포기하고 전혀 다른 성질을 띤 문제들을 형상화하는 쪽으로 가버린 바로 그 점에 기인한다. 바로 지금도 이러한 구성은 하인리히 뵐(Heinrich Böll)의 『운전 임무를 마치고』[6]에서 다방면에 걸친 풍자의 담지자로 나타난다. 여기에서는 독일의 어느 소도시에서 벌어진 지역의 '센세이셔널'한 재판이 반응들의 총체성을 야기하는데, 그 반응들이 미약하게 형상화되긴 하지만 바로 그럼으로써 그 총체성에 짙은 지방적 성격을 부여하고 있다.

마지막 예로서, 사회주의 리얼리즘의 전성기에 나온 매우 지

---

6 옮긴이: 1966년에 발표된 이 소설 "*Ende einer Dienstfahrt*"는 『운전 임무를 마치고』뿐만 아니라 『출장의 끝』, 『공용운전의 끝』, 『공무여행의 끝』 등으로도 번역되고 있는데, 우리는 책세상 출판사에서 나온 번역서 제목을 따라 『운전 임무를 마치고』(정찬종 옮김, 책세상, 2002)로 적는다.

적인 작품인 마카렌코[7]의 『교육시』를 상기해보자. 여기에서 이러한 구성 모티프는 교육자 마카렌코의 교육장으로서 보기 드물게 순수한 형태로 나타난다. 이 교육장은 내전의 혼란 속에서 떠돌이가 되거나 심지어 많은 경우 범죄자가 된 젊은이들이 새로운 사회주의적 인간으로 재교육되어야 하는 그런 곳이다. 그렇기 때문에 그곳에서 이데올로기적인 반응들은 대개 카타르시스 작용을 하는 위기의 행동 형태를 띠고 인물들의 자기 발견(혹은 자기 상실)에 작용하는 유효한 힘으로서 중심적 역할을 해야만 한다. 이러한 형식의 특성은 당연히 그 사회주의적 내실과 아주 밀접하게 결부되어 있다.

교과서적인 미학이나 문학사의 관점에서 보면 이러한 작품들이 지닌 형식상의 공통점은 별로 분명하지 않다. 상호 간의 이른바 '영향'과 관련해서 보더라도 그 작품들 사이에는 아무런 관계도 없을 가능성이 농후하다. 그렇지만 우리는 이러한 구성 방식이 실제로 유사한 사회 · 미학적 필요에 따라 도처에서 생겨났다고 생각한다. 더 넓은 관점에서 우리는 자연주의도, 그리고 그것을 진짜 예술적으로 극복한 위와 같은 경향들도 한갓 우연적인 것 또는 순전히 개인에 달린 것으로 보아서는 안 된다. 왜냐하면 자본주의의 발전은 자본주의의 일반성 때문에, 또 그

7 옮긴이: 안톤 세몬비치 마카렌코(Anton Semyonovich Makarenko, 1888~1939)는 소련의 교육자이며 작가이다. 그는 1920년 부랑아와 미성년 범법자를 수용하는 교육시설인 '노동자 콜로냐'의 주임이 되었는데, 그곳에서의 교육 경험이 『교육시』(1933~1935)의 바탕이 되었다.

래서 생겨난 삶의 평균치 때문에—적어도 내적으로—중요한 인격들(이들의 운명이 장편소설 형식을 맨 처음 규정했다)의 대표적 전형의 형식들을 빈번히 뒷전으로 몰아냈으며, 병리적인 것으로의 변전만 허용하는 외적인 평균성을 마치 사회적으로 유효한 일반성의 진정한 표현인 양 여기는 편견을 지배적인 생각으로 만연하게 만들었기 때문이다. 이러한 편견이 정신적, 예술적으로 지탱될 수 없다는 것을 통찰하게 되면서 장편소설 창작에서 여러 혁신이 생겨났다.

여기에서 암시된 새로운 길들의 사회적 · 정신적인 기반을 해명하려 할 때 우리는 현실 처리에서 평가 방식의 변화라는 문제에 부딪치게 되는데, 이 문제는 우리가 현실을 이해하고자 하면서 그 현실과 맺는 관계의 전 영역을 포괄한다. 이 새로운 관계는 자연과학에서 맨 먼저 명확한 형태로 나타났는데, 그렇다고 해서 그것의 보편성과 문학에의—물론 근본적으로 다른—적용 가능성이 폐기되는 것은 아니다. 오히려 그와는 반대로 한갓 형식적인 것을 훨씬 넘어서는 어떤 일반성이 문학에 주어진다. 우리가 말하는 것은, 자연과학에서 출발해서 사회적인 것에서도 폭넓게 확산된 인식방식이다. 즉, 개별적인 인과계열들, 인과연관들의 단순한 합법칙적 결합이 통계적 확률[개연성]의 방법을 통해 대체된 것이 그것이다. 이 자리에서 이 두 가지 방법의 연관성과 대립을 자세하게 다루는 것(혹은 새로운 원리에서 인과성과의 배타적 대립만을 보려고 한 초기의 편견들을 다루는 것)은 물론 불가능한 일이다. 여기에서 우리의 유일한 관심사는, 그 출발점(그리고—특히 사회에서는—그 종착점)이 동일한 개별 인과계열들이, 여기에서 작용하는 동인(動因)에 개별 요소들(사회에서는: 인간들)이 구체적으로 어떻게 반응하는가 하는 측면에서 종합될 수 있다는 점이다. 자연과학에서는 정상적 반응과 일탈적 반응의 관계가 어떻게 수학적으로 표현되는지가 무엇보다도 중요했다. 이때 합법칙성의 한 형식이 분명하게 드러나는데, 그것은 옛날 형식들과 같은 필연성이라 하더라도 한편으로는 그것을 한층 더 세분화해서 표현하며, 다른 한편으로는 법칙성을 형성하는 개별 계기들의 고유성을 여하튼 (대개는 단지 부정적으로 그려긴 하지만) 지배적인 법칙성으로부터의 일탈로서 경향적으로 지각할 수 있게 만든다.

물론 이러한 방법은 탈(脫)인간연관화를 통해,[8] 순수한 수(數)적인 관계로의 동질화를 통해 구상되어 있기 때문에, 사회 현실의 문학적 형상화를 위한 모델로 바로 쓰일 수는 없다. 사회학적인 변형에서도 사정은 마찬가지이다. 그도 그럴 것이 모든 정밀과학적인 현실 파악에서 기초 역할을 하는 것, 즉 일반자(das Allgemeine)에 대해 정반대의 극에서 보완하는 추상적 대립물인 개별자(das Einzelne)는, 탈인간연관화하는 수학적 추상에서는 통계적 확률로 바로 표현될 수 있다. 사회 어디서나 그

8 옮긴이: 루카치는 후기 미학에서 반영 방식의 내용을 파악·서술할 때 '인간연관화하는[인간연관적](anthropomorphisierend)' 반영과 '탈(脫)인간연관화하는[탈인간연관적](desanthropomorphisierend)' 반영이라는 표현을 사용한다. 이 단어의 의미와 번역에 관해서는 앞서 소개한 『루카치의 길』 322면 참조.

러하듯이 단순한 개별성(Einzelheit)이 개별 사회성원의 개체성(Individualität)이 된다면, 합법칙적 행동이 여기에서도 수학적 확률관계로 과학적으로 표현될 수 있다. 비록 이미 여기에서 일탈들은—그것들이 정확히 평가될 수 있기 위해서는—단순 통계적인 것을 넘어서는 구체화를 자주 필요로 하긴 하지만 말이다. 그렇기 때문에 예컨대 '신즉물주의'에서 자주 벌어졌듯이 과학적으로 이미 포착된 현실상을 서사작품에 끼워 넣는 것과 같은 다소간 직접적인 전용의 시도는 사회학화하는 자연주의의 개악(改惡)으로 귀결될 수 있을 뿐이다.

그도 그럴 것이 객관적 사건의 요소로서의 단순한 개별성에서 개별 인간, 개체성(처음에는 가치 측면에서가 아니라 단순한 사실로서 이해된)이 생겨난다는 본원적인 사회적 사실은, 탈인간연관화하는 사회과학에 의해서 '괄호 치기' 되고, 그럼으로써 통계적으로 정확하게 파악될 수 있다. 그렇지만 탈인간연관화란 있을 수 없는 문학이 문제가 되는 순간, 인간 및 사회의 총체성과 동역학 위에 확립된 전형성(das Typische)은 더 이상 제거할 수 없게 된다. 통계적 확률에서 과학적 형식을 얻는 그런 세계성질과 세계이해의 진정한 문학적 적용은, 따라서 여기에서—그 사회적인 현실기반을 상실하지 않은 채—질적으로 상이한 형태를 띨 수밖에 없다. 다시 말해, 현저히 질(質)적인 것으로 전환될 수밖에 없는 것이다. 존재방식은 어디서든 궁극적으로 동일한데, 문학에서는 그 동일한 존재방식으로부터 본질적으로 상이한 미메시스적 파악이 생겨난다. 개체성이 된, 사회적 · 인격적인 개별 인간이 된 복합체들을 현재의 실제상태가 그들에게 제기하는 중요한 문제에 대한 그들의 전형적인 반응방식에 따라 정돈하는 것과, 개별성을 자체 내에 흡수하면서 필연성 일반을 파악하는 것(즉 통계적 확률)이 최종적 원리로 공유하는 것은 단지 형식뿐이다. 따라서 통계적 확률은 형식화를 통한 존재 재현의 모든 세부 문제에서는 정확히 그 대립물로서 나타날 수밖에 없다. 그도 그럴 것이 여기에서 성립하는 총체성에서는 통계상 법칙으로 재현되는 단순한 합에서 질적으로 전형적인 표본들이 추출 · 부각되며, 이것들이 수학적 · 통계적인 총체성에서는 대개 그 속에서 지배적으로 된 경향에 대한 단순한 일탈로서 나타나는 그런 전형들과 대조되기 때문이다. 반응들의 총체성의 본질적인 존재 기반이 여기에 있다. 그렇지만 기초적 원리의 궁극적인 공통성이 이러한 개조의 기반이 된다. 즉, 구체적인 행위 장소의 의식적인 설정은 일차적으로 개인적 · 전형적인 사건들의 단순한 무대로 의도된 것이 아니라(그럴 경우 그 사건들에 대해 무대는—어쩔 수 없이—일정한 우연성을 지닐 수밖에 없을 것이다) 사회적 존재의 다음과 같은 현상형태, 즉 그 내용과 방식이 인간들에게 그때그때 그들에게 결정적인 문제들을 묻는 그런 현상형태, 혹은 그 실존을 통해, 그리고 바로 그 속에 있는 인간들의 실존을 통해 그들로 하여금 이러한 문제들에 대해 의식하고 대답하도록 재촉하는 그러한 현상형태로 의도되어 있는 것이다. 그리하여 서사적 형상화의 이러한 새 방식이 생겨난다.

무엇보다도 여기에서—특히 토마스 만과 마카렌코 같은 극단적인 경우들을 생각해보라—일관된 서사적 플롯의 필연성은 불필요하게 된다. 이는 비교적 예전이나 최근의 자연주의적 사회

형상들에서 이미 일어나고 있는 일이다. 하지만 이 경우에 일관된 플롯의 결여는 필연적으로 인물 형상화의 정태성을 초래하고 인간의 현존방식을 단순한 단자성(Partikularität)—물론 이것은 평균성을 지향하는 가운데 의도되곤 했던 것인데—으로 얄팍하게 만들 수밖에 없는 반면, 우리가 고찰한 새로운 유형의 장편소설에서는 일관된 플롯의 결여에도 불구하고, 아니 바로 이 결여의 결과로 고도의 서사적 역동성과 내적인 극적 긴장이 주조를 이루고 있다. 그도 그럴 것이, 단일한 무대 속에서 인간들로 향한 그 본질이 구상화(具象化)된 사회적 존재는, 인간들이 그것에 단순히 복종하고 그 앞에서 수동적이게끔 되어 있는 그런 단순한 환경(Milieu)이 아니라 저 사회적 힘, 즉 그것과의 접촉을 통해 인간들이 자신의 사회적 존재와 맺고 있는 관계의 결정적 문제들을 의식하고 이데올로기적 · 실천적으로 처리하도록 내몰려지는 바로 그런 사회적 힘(경우에 따라서는 단순한 사회적 동인)이기 때문에, 별도로든 서로 연결되어서든 집약된 고도의 극적 긴장이 내재해 있을 수 있는 개별 장면들의 전체적 계열이 생겨난다. 이때 그 개별 장면들은 일관된 플롯으로 결속될 필요가 전혀 없으며, 그렇게 결속되는 경우는 극히 드물다. 하지만 사회적으로 단일한 무대가 개별 결정들을 잘 드러내고 심지어는 촉발하기 때문에, 그리고 (야기된 반응들이 극도의 상이성, 심지어는 대립성을 드러낸다 하더라도, 또는 바로 그렇기 때문에) 이러한 결정들이 사회적 의미에서 연속적으로 작용하기 때문에, 직접적으로는 아무 관계도 없는 듯이 보이는 개별 장면들로부터 극적 역동성을 띤 통일적인 서사적 연관관계들이 생겨날 수 있으며, 그것들이 어떤 중요한 문제복합체에 대한 인간적 반응들의 총체성으로 서사적으로 조립될 수 있다.

이때 형식상 필요한 것은, 인물들에게 자연스럽고 당연하게 주어진 것이 아니면서 그와 같은 본질표현을 야기하도록 작용할 수 있는 그런 환경(또는 사건)을 설정하는 일뿐이다. 물론 그런 유의 인간적인 자기표현 자체는 언제 어디서든 생겨날 수 있다. 예컨대 가족 같은, 한 인간의 '자연적' 환경이 그에게 그러한 방향에서 작용할 가능성도 없진 않다. 하지만 그런 것은 생활 속에서 그것과 아주 밀접히 결부되어 있는 사람들에게조차 그들로 하여금 본질적 반응을 하도록 전혀 유발하지 않는, 아무래도 상관없는 무대로 머물러 있을 가능성이 높다. 지극히 이질적인 인간유형들을 실제로 포괄하고 있는 환경(학교, 관청 등등)에서조차도 그런 성질을 지닌 작용이 결코 필연적인 게 아니다. 싱클레어 루이스는 여기에서 말한 방식의 자기 발현이 언제 어디서든 생겨나도록 하기 위해서 인물의 선별과 형식화를 직접 단순화해야만 했다. 이와 달리 하인리히 뵐의 작품에서는 소도시를 비상하게 흥분시키는 공판을 통해, 자신과 타자들을 발현시키는 반응들의 총체성의 그러한 분위기가 '자연스레' 만들어진다. 한데 이러한 점은 우리가 형식상 요구한 것을 기계적·형식적으로 일반화해서는 안 된다는 것을 보여줄 따름이다. 모든 사람은 사회적 존재에 의해 그들에게 제기된 문제 일반에 대답할 필요성을 항상 느낄 수밖에 없다는 것이 결코 일반적으로 필연적인 일은 아님에 틀림없다. 여기에서 무엇보다도 중요한 것은, 사회적으로 필연적이지만 개별 인간에게는 외부로부터 작용하는 이러한 현실이 '정상적인' 존재로, 지금까지의 삶의 '자연스러운' 연속으로 그냥 받아들여지는가, 아니면 그 인간이 자기 자신의 삶과 사회적 현실 간의 그러한 접촉을 통해 자신의 현존재를, 그리고 자기 자신 및 이웃에게 자신의 현존재가 갖는 의미를 새로운 눈으로 고찰하고 자각하도록(그리고 타인들도 그것을 깨닫도록) 유발되는가 하는 것이다. 그렇기 때문에 문제제기의 이 수준에서는, 이때 생겨나는 대답이 긍정적인 것이 될지 부정적인 것이 될지는 아직 중요하지 않다.

예술적 형상화의 관점에서 볼 때 분명한 것은, 자생적으로 야기된 이러한 반응들의 평균치는, 그러한 '무대'가 모든 관련자에게 유효한 사회적 필연성의 결과나 그들이 살아가는 일상생활의 근본적인(경우에 따라서는 한갓 일시적인) 변화의 결과를 보여주는 정도가 덜할수록 그만큼 덜 중요한 것이 되기 십상이라는 사실이다. 경계는 모든 사회 현상에서 그렇듯이 여기에서도 당연히 유동적이다. 싱클레어 루이스는 직업으로서의 의학+과학에 대한 인간의 반응들을 입체적으로 두드러지게 하기 위해 종종 인위적인 수단을 사용해야만 했다. 그가 포착한 인간들 대부분은 그래서 무관심하고 수동적인 태도를 취하는 것이다. 하지만 정상적인 일상생활에서 벗어나 있는 것이 형상화의 기반이 되고 있는 『마의 산』에서도 병과의 대면, 자신이 죽을 것이라는 전망 및 그 죽음의 현실성과의 대면은 결핵요양소로 추방된 사람 중 한 부분만을, 그것도 단지 외적으로만, 그들의 익숙한 생활방식에서 빼낸다는 사실을 잊어서는 안 된다. 다수의 사람은 내심 그러한 대면을 그냥 피할 것이며, 변화된 상황하에서 예전의 생활방식을 바꾸지 않은 채, 새로운 자기조절 없이 계속 이어가려고 애쓸 것이다. 물론 여기에서 중요한 뉘앙스의 차이가 생겨난다. 싱클레어 루이스의 작품에서 그러한 인물들은, 그들의 전반적 적응이 대답으로 농축되고 구체화되지 않을 경우에는 단순한 환경(Milieu)의 산물이 되고 마는데, 그런 산물의 행동은 완전히 장편소설의 문제변증법 바깥에 있다. 이에 반해 『마의 산』에서 인물들의 행동은 전체를 같이 규정하는 요소로 고양된다. 문제는 통계적 확률의 질적 전환이라고 말할 수 있을 듯하다. 즉, 이렇든 저렇든 무관심하고 바뀌지 않은 행동방식의 대다수는—오류의 여러 원천과 함께—보통 과학적으로 얻을 수 있는 반응들의 확률에 부합하는 반면, 전면에 놓인 보다 열정적인 입장표명은 대개 '정상성'에서 일탈한 것의 부류에 속한다. 하지만 이 모든 유보조항에도 불구하고 말할 수 있는 것은, 이러한 문학적 형상화는 사회적 문제복합체를 다음과 같은 식으로, 즉 그것과 관계된 사람에게 그것이 매우 특정한 선택적 결정들을 야기하는 식으로 현시하고자 한다는 것이다. 이렇게 활성화하는 계기가 덜 억지스럽게 나타날수록, 개개인과 그들이 살고 활동해야만 하는 전체 사회 간의 이데올로기상으로 활발한 관계가 새롭게 역동적으로 형식화될 가망성은 더 크다.

이러한 동역학의 발생 및 작용 방식은 이 새로운 종류의 형식부여를 서사적으로 완성할 가능성과 관련해서 아주 광범위한 미학적 결과를 갖는다. 앞서 서술했던 상호작용들이 통상 모종의 일회적 폭발성을 갖는다는 것은 지금까지 상론한 내용의 필연적이고 직접적인 결과이다. 이와 동시에, 개개인들과 사회의 실재적 문제복합체들 간의 내적 관계에 대한 그러한 반영들의 내적 성격에서 다른 결과도 생겨나는데, 그들의 개별적인 표현들 사이에 시간적 · 인과적인 연속성, 일련의 순차적 전개(이것이 바로 플롯의 본질을 형성했던 것인데)가 반드시 있어야 할 필요는 전혀 없다는 것이 그것이다. 고전적인 서사문학의 척도로 재자면, 그러한 작품들은 노벨레식(式)으로 첨예화된 에피소드들의, 서로—많은 경우—결합되어 있지 않은 듯이 보이는 연쇄로 구성된다. 그렇지만 그 에피소드들 사이에 예전의 서사문학적 의미에서의 결합 정도가 낮을수록 그것들의 이데올로기적 상호지시는—서로 강화하는 방식으로든 아니면 서로 상쇄시킬 정도로 모순적인 방식으로든—더 뚜렷하다. 이것이 철저하게 이루어지면 이런 방식을 통해 서사적 종합의 아주 새로운 형식이 생겨난다(이 새로운 형식은 바로 여기에서 자신의 이념적 뿌리와 통계상으로 합법칙적인 현실관 사이의 친화성을 보여준다). 그도 그럴 것이, 이렇게 개별적으로 현시된 각각의 반응방식이 다른 모든 반응방식을 정신적으로 지시함으로써, 그리고 확증이든 모순이든 양자 공히 사회적으로 하나의 통일적 과정의 계기로 나타남으로써, 많은 경우 노벨레처럼 독자적으로 보이는 이 모든 개별 반응이 하나의 통일적인 역동적 총체성을 이룬다. 다변(多變)한 역동성을 띤 그러한 과정이 여기에서 통일성의 원리를 이루는데, 이전의 서사문학 작품들에서 그 통일성의 원리는 플롯의 통일성[일관성], 객체들의 총체성을 표현하는 소임을 가진 것이었다. 따라서 자연주의의 환경(Milieu) 형상들보다 이러한 형상화 방식이 예전의 형식화 방식들에서 더 멀리 떨어져 있는 것처럼 보이는데, 이 형상화 방식은 그럼으로써 실제로는 반대로—자연주의적 경향들에서 나타나는 단순 묘사의 정태성, 평균성의 단자주의(Partikularismus)를 배제하면서—예전의 형상화 방식들의 가장 심오한 본질을 복원 · 갱신한다. 여기에서 말하는 그 본질이란, [사회와 개별 인간] 전체를 깊이 특징짓고 있는 운동경향들의 기초적 사실이자 직접적 원동력으로서의 개별 인간, 그 운동경향들의—부적합할 때가 자주 있긴 하지만—직접적 표현으로서의 개별 인간을 지닌 사회에 대한 역동적인 총체성 구상이다. 문제는 바로 반응들의 총체성이다.

2.

이전 문학에서 토마스 만이 선도했던 이 표현방식은 마카렌코의 작품에서 가장 순수한 형태를 얻었다. 그의 작품에서는 완전히 새로운 생활방식의 가능성이 새로운 사회형태와 낡은 사회형태 간의 극적인 대결, 인격적 · 사회적으로 열정적인 대결의 집약으로서 실제화되는데, 그럼으로써 여기에서 암시된 모든 역동적 요소는 외연적으로뿐 아니라 특히 내포적으로 최고 수준으로 추동된다. 그 이유는 주제 설정에 있다. 사회적으로 야기된, 인간의 자기 자신과의 대면은, 결핵요양소에서는 단지 하나의—물론 그곳으로 장소를 옮긴 행동의 본질과 밀접히 결부된—가능성일 뿐이고, 그러한 가능성에 대해 사람들은 그와 같은 유의 문제제기 일체를 거부하는 것으로 간단히 반응할 수 있다. 이와 달리 마카렌코의 작품에서는 타락한 아이들을 위한 교육기관이, 그 아이들을 사회주의적으로 바꾸기 위한 시도로서 처음부터 사회적·목적론적으로 설정되어 있다. 그러므로 새로 생겨난 사회적 환경에 대답하기를 개인적으로 거부하고 사회적 문제제기를 무시하는 행위는, 여기에서는 부정의 계기를 내포하는 것이며, 따라서 이미 부정으로서 특정한 반응이 된다. 어떠한 행동도 요구하지 않는 『마의 산』의 세계에서는 행동이 선택으로서, 결정으로서, 행위상의 반응으로서 표현될 수밖에 없을 것이다. 마카렌코의 작품에서는 새로운 무대가 그 무대에 대한 반응을 보편화한다. 환경의 그러한 전반적 능동성은 [『마의 산』에서처럼] 행동 가능성을 단순히 유발하는 것과는 달리 사회 자체의 문제제기로서 마카렌코의 세계가 지닌 특수한 성격을 규정한다. 운동의 역동적 동력으로서 서사적 구성에 결정적으로 영향을 미치는 이러한 차이는, 따라서 직접적으로 미적 성질의 한 계기가 된다. 하지만 이때 결코 잊어서는 안 될 것이 있다. 이러한 미적 동역학의 본래적인 뿌리는 사회적 존재 자체의 성질에, 따라서 또한 그 성질에 적합한 미메시스에 있다는 것이 그것이다.

그렇기 때문에 그러한 대답의 동인이나 가능성으로만 머물러 있지 않고 그 대답을 일반적이고 직접적으로 가동시키는 존재에 대한 이러한 형상화 방식이 자본주의와는 대립되는 사회주의에서 이루어지는 존재의 형상화 방식인 게 결코 우연이 아니다. 물론 존재가 진정한 마르크스적 의미에서 인식되고 형상화될 때에만, 다시 말해서 인간들은 자신들의 역사를 스스로 만든다는, 그리고 그 복합체와 관련해서 "교육자 자신이 교육되어야만 한다"는 식으로 구체화되는 그 위대한 학설에 따라서 존재가 인식되고 형상화될 때에만 그렇다. 이는 부르주아적인 태도뿐 아니라 한갓 유토피아적인 태도와도 전적으로 대립한다. 그도 그럴 것이 마카렌코의 작품에서는 선택적 결정들의 촉발을 통해, 빗나간 젊은이들은 참된 인간, 구체적으로 말하면 사회주의적 인간으로 교육되어야 하며, 이와 동시에 그와 같이 카타르시스 작용을 하는 유익한 위기의 의식적 촉발자인 교사 자신도 사회주의적 존재 속에서 사회주의적 인간을 위한 의식적 교육자로 만들어져야 한다. 이와 달리 토마스 만의 작품에서처럼 인물들이 자기 존재와 단지 자생적으로 대면하게 되는 곳에서는, 직접적으로는 그들의 신체적 치유만이 목표로 설정되어 있는 곳에서는, 그 치유 기관과 의사들은 그들의 활동장이 야기하고 촉발하는 이데올로기 극(劇)에서 단지 관객이 될 뿐이지 무조건 행위자가 되는 것은 아니다. 이와 달리 마카렌코의 작품에서 교육자는 이 장편소설의 내용을 이루고 있는 모든 카타르시스 장면에서 중심적 역할을 하는 적극적인 주요인물이다.

따라서 새로운 장편소설의 이러한 변종이 현재 주요하게 구현되어 있는 솔제니친의 장편소설들이 형식부여의 직접적 연결점을 바로 여기에서 발견한다면 그것은 결코 우연이 아니다. 물론 여기에서 연결이란 순전히 객관적 · 역사적 의미에서 하는 말이다. 솔제니친이 마카렌코의 장편소설을 도대체 읽기나 했는지, 만약 읽었다면 어떤 인상을 받았는지 하는 것을 이 글의 필자는 알 수 없으며, 또한 그런 것은 결정적으로 중요한 사안이 아니다. 마카렌코의 작품은 토마스 만의 창안을—객관적인 의미에서—독창적으로 계승 · 발전시키고 있다. 마카렌코가 토마스 만의 장편소설을 도대체 읽기나 했는지 여부는 아무래도 상관이 없는 문제다. 이른바 '영향'과는 전혀 무관하게 사회 · 역사적 존재의 전개가 이러한 현시방식을 만들어냈으며 계승 · 발전시켰다.

마카렌코는 사회주의의 영웅적 성립기의 위대한 이야기꾼이다. 솔제니친은 사회주의의 유례없이 심각한 위기를 형상화한 중요한 작가이다. 이것이 두 사람의 구체적인 예술적 문제제기의 상이성, 아니 대립성의 근원이다. 이 글에서 다루었던 현시방식을 솔제니친이 계승 · 발전시킨 것은 일차적으로 역사적인 상황에서 비롯된 일이다. 초기의 유명 노벨레[『이반 데니소비치의 하루』]를 확장하고 총체화하는 일은, 수용소에 갇힌 사람들이 궁극적으로 한 개인에 집중된 소규모 집단에서 나라 전체 주민의 상당 부분으로 확대되는 것을 유기적 필연성을 갖추어 현시하는 것으로 그치지 않는다. 그것은 또한 엄청난 수의 사람들을 수십 년간 꼼짝도 못하게 했던 이러한 강제수용을 창시한 자들, 그것을 조직적 · 실천적으로 집행한 자들도 더 폭넓고 더 구체적으로 형상화되기를 요구한다. 더 나아가 그들을 그들이 개인적으로 속해 있는 무리를 그리는 가운데 그들에게 당한 희생자들의 형상과는 예술적으로 대조를 이루는 형상이 되도록 형상화할 것을 요구한다. 이렇게 될 때에야 비로소 인물들에게 문제를 제기하는 '무대'는 구체적 · 사회적으로 규정된 일반성과 역동성을 갖게 된다. [이렇게 노벨레에서 장편소설로 확장 · 총체화 되더라도] 수용소가 그 희생자와 조직원들에게 생사가 걸려 있는 도전적인 문제들을 어쩔 수 없이 자연발생적으로 제기하며, 관련자 모두로 하여금 그들이 이제부터 영위할 수 있고 영위해야만 하는 생활방식을 그들 자신의 처지와 인간적 본질 양쪽의 객관적 가능성과 조화시키도록 강제한다는 사회적 사실은 궁극적으로 변함이 없다.

이제 [장편소설에서] 솔제니친의 구성방식이 노리는 것은, 사회적으로 떼려야 뗄 수 없게 결속되어 있지만 이와 동시에 목표와 수단의 측면에서는 완전히 대립하는 두 집단에서 질문과 대답들이 교차되는 가운데 생기는 내적인 극적 긴장을 최대한 고양시키는 것이다. 그렇기 때문에 강제수용이 이루어지는 장소는 더 이상 노벨레에서처럼 평균적인 곳이 아니다. 이 점을 저자는 다음과 같은 사실을 통해 강조하고 있다. 즉, 여기에서 그려지는 하루는 첨예하게 비극적인 날이 아니라 비교적 형편이 좋은 날이며, [그 장소는] '지옥의 제일권(第一圈)', 다시 말해 체제에 중요한 것으로 여겨지는 극비의 발명품을 체제의 작동을 위해 만들어내는, 수용소 생활의 수준에서 보자면 특권을 부여받은 전문가들의 작업장이다. 그곳에서 쫓겨났을 때 네르진(이 인물에 관해서는 뒤에서 더 자세하게 말할 수 있을 것이다)은 다음과 같이 말한다. "우리는 지옥으로 되돌아간다. (우리가 지금까지 있었던 곳은) 지옥 중 제일 높고 제일 좋은 제일권일 뿐이다. 그 곳은 거의 천국이다."[9] 그리하여 이전 작품[『이반 데니소비치의 하

9 Alexander Solschenizyn, *Der erste Kreis der Hölle*. Frankfurt: S.

루』]의—직접적으로 강한 폭발력을 지닌 것이긴 하지만—노벨레적 정역학이 그 근저에서부터 서사적 · 역동적으로 변화 · 발전되었다는 것을 알 수 있는데, 이 점에 대해서는 상세한 주석을 달 필요가 없겠다. [여기에서] 모든 수용자는 좀처럼 이루어지지 않는 석방에 대한 희망뿐 아니라 늘 실질적으로 위협하고 있는 더 지독한 지옥의 전망과도 대면하고 있다. 따라서 그들의 행동은 계속해서 이중적 · 역동적으로 시험대에 놓여 있다. 그 행동은 노벨레에서처럼 순전한 자기보존의 시도들만 포함하고 있는 것이 아니다. 더 깊은 나락으로 추락할 위험에 항상 위협받는 가운데 새로운 문제들도 부단히 생겨나는데, 그 문제 각각은 저항을 유발할 수 있으며, 우리가 뒤에서 보게 되듯이, 실제로 자주 저항을 유발하기도 한다.

그런데 이러한 확장과 분화와 위계화는 형상화된 인물들 가운데 능동적인 층, 즉 그 수용소의 집행자, 조직원 등등과도 관련된 일이다. 이 점 또한 이러한 형벌체계의 직접적 감시기관만 나타났던 노벨레와는 다른 점인데, 이를 통해서도 서사적 동역학은 강화된다. 그도 그럴 것이, 집행기관이 수인(囚人)들과의 직접적인 관계에서뿐 아니라 그 자체 생활의 내부 규정의 측면에서도 무대에 등장한다면, 그것이 취하는 각각의 조처는 그

Fischer 1968, S. 669. [옮긴이: 국역본은 두 권으로 나온 다음의 책을 참조할 수 있다. A. 쏠제니찐, 『第一圈』, 이종진 옮김, 분도출판사, 1973/4. 아래에서 등장인물의 이름은 국역본에 따라 표기하되 인용문은 루카치가 인용하고 있는 독일어본에 따라 옮긴다는 것을 밝혀둔다.]

활동의 대상들에게만 결과를 갖는 게 아니다. 그 장치 내부에서 한 사람 한 사람이 행하거나 행하지 않는 모든 것이, 그 장치 자체의 가장 직접적인 존재에게도 영향을 되미치는 것이다. 그리하여 이 측면에서도 개인적인 것 깊숙한 데까지 섬세히 분화된 극화(劇化)가 이루어진다. 집행기관은 이렇게 작동하는 가운데 그 자체의 생활도 구축해나가는데, 구체적으로 말하자면, 경력 쌓기나 '파면' 같은 외적인 측면뿐 아니라 자기보존이나 자기소외의 의미에서의 내적인 측면에서도 그렇게 한다. 장치의 그때그때의 구체적인 요구에 대한 개인적인 대답으로서 부단히 형상화되는 이러한 반응들은, 따라서 이 인물 집단도 재차 안팎으로부터 세분화한다. 즉, 관료제적 위계질서 속에서 차지하는 위치에 따라 각각의 인물에게 제기되는 행동요구들에 따라서, 그리고 이러한 요구들에 대한 각 개인의 인격적 반응에 따라서 세분화하는 것이다.

그런데 이 역동적인 문답(問答)의 구조는 그 장치의 직접적 행위자인 인물들에게만 국한된 것이 아니다. 스탈린 체제는 강력한 일관성과 보편성이 있다. 자신의 삶은 그러한 딜레마와는 무관하게 영위된다고 처음부터 확신을 가지고 확언할 수 있을 사람은 아마도 없을 것이다. 일상은 매 순간 그러한—수동적이거나 능동적인 성질의—결정을 강요하는 상황을 만들어낼 수 있다. 이때 중요한 것은 개개인의 선택적 결정이다. 그렇기 때문에 사회적 처지 내에서, 사회적 처지에 따라서 이루어지는 그러한 운동들을 반영하는 것은 개별적 결정들의 동역학을 강화시킴과 동시에 집약하기에 적합하다.

연관관계는 장치의 일괴암적(一塊巖的) 성격에 기인한 것이다. 여기에서 솔제니친은 어떻게 형상화의 위계가 어느 정도 단지 우연적으로, 때로는 순전히 수동적으로 그 장치와 관계를 맺게 된 인간들에서부터 스탈린에까지 이르게 되는지를 보여줌으로써 장치의 최종적인 원리들로 되돌아간다. 월터 스콧(Walter Scott)의 고전적인 역사소설에서처럼 이 중심인물[스탈린]은 삽화적으로만 딱 한 번 등장한다. 이론과 실천에서 이 세계의 중심인 인물이 그렇게 직접 등장하는 것이 갖는 의미는 바로 그 삽화적 일회성으로 인해 이중적인 구성적 역할을 하는데, 그 역할을 솔제니친은 뛰어난 솜씨로 표현한다. 첫째, 스탈린은 장치 전체의 우두머리로 등장하는데, 가령 어떤 보고를 받고 그가 표명한 생각, 아니 그의 단순한 인상에 따라 최고위직 부하들의 생사가 좌우된다. 이 경우의 예를 들자면, 아주 높은 한 '장급(長級) 인사'가 새로운 도청 장치를 사용할 수 있도록 준비를 마쳐야 하는 기한 때문에 와서 보고하라는 명령을 받는다. 고위직에 있는 아바꾸모프는 그 기한이 지켜질 수 없다는 것을 잘 알고 있다. 하지만 그는 스탈린이 임석한 곳에서 자기가 한 보고에서처럼 '지옥의 제일권'에서도 그때그때 제기되는 질문에 긍정적으로 답하도록 모든 것을 조정한다. 접견 자체도 그렇지만 접견을 기다리는 것도, 스탈린이 어떤 어조로 물을 것이며 그가 아바꾸모프의 대답을 어떻게 받아들일 것인가 하는 긴장으로 가득 차 있다. 이러한 긴장은 준비 단계에서, 대화 자체에서 고조되다가, 과로한 스탈린이 이 문제를 토론에 붙이기를 결국 잊어버리고 아바꾸모프가—일단—안심한 채 집에 갈 수 있게 되면서 해소된다.

둘째, 스탈린 자신은 과로에 지친 어조로—이는 그의 고독한 내적 독백에서도 표현되는데—우리에게 제시된다. 여기에서도 솔제니친은 예리한 시선을 지닌 대단한 창작자임이 입증되는데, 그도 그럴 것이 그는 자잘하게 심리를 파고드는 고찰—그것이 탄핵하는 성격을 지닌 것이든 용서하는 성격을 지닌 것이든—에 결코 머무르지 않고 오히려 내적 독백의 상황을 스탈린의 역사적 실존이 지닌 정치적이자 인간적인 중심문제들로 곧바로 첨예화시킨다. 그리하여 그는 스탈린으로 하여금 자신과 레닌의 관계에 대한 생각을 혼잣말로, 교육문제와 관련해서 다음과 같이 표명하게 만든다. "여기에서 레닌은 혼란을 야기했어. 그것을 솔직히 말한 것은 너무 때 이른 것이었어. 모든 부엌데기가 국정에 참여할 수 있어야 한다니! 그는 그것을 구체적으로 어떻게 상상했을까? 부엌데기가 예컨대 금요일에는 밥을 하지 않고 지역 집행위원회의 회의장에 가야 한다고? 부엌데기는 어디까지나 부엌데기이며 부엌에나 어울려. 하지만 사람들을 통솔하는 것—그것은 고도의 능력을 필요로 하며, 이를 위해서는 특수한 간부, 특별히 선발된 간부, 오랜 기간에 걸쳐 시험되고 확고한 심지를 지닌 간부가 필요하지. 그리고 이러한 간부를 이끌 수 있는 것은 지도자의 손, 지도자의 검증된 그 손뿐이야."[10] 스탈린은 여기에서 자신의 지도방법의 철저히 반민주적인 정신을 더할 나위 없이 정확하게 정식화하고 있다. 그도 그

10 앞의 책, S. 116f.

릴 것이 사회주의에서는—레닌은 이 점을 항상 염두에 두고 있었는데—민주주의의 형식적 계기(보편적인 선거권, 비밀투표 등등)보다 인간의 일상 전체의 실질적 민주화가 더 중요하다. 따라서 레닌이 말한 부엌일 하는 여자는 무엇보다도 하나의 전망, 하나의 목표설정이자, 고대의 민주주의 유산을 사회주의에서야 비로소 가능하게 되는 그 최종적인 사회적 실현으로 전환하는 것이다. 그렇기 때문에 나는 이미 수십 년 전에 문화에 대한 톨스토이의 입장을 고찰하는 가운데 다음과 같이 쓴 바 있다. "이러한 맥락에서, 톨스토이에 따르면 예술을 판가름하는 기준을 갖고 있으며 예술을 올바로 판단하는 농부는, **몰리에르의 하녀에서부터 국가를 다스리는 레닌의 부엌일 하는 여자에 이르는 그 사슬에서 하나의 역사적 연결고리로 나타난다.**"[11]

그리하여 스탈린적인 원리 즉 최종 말단까지 내려가는 관료화는, 중앙 집중화된 장치에서 일하고 있는 모든 사람의 운명을 절대적으로 규정한다. 스탈린의 처소에서 공포와 희망 사이를 왔다 갔다 하는 접견 시간의 분위기는, 그러한 장치 내부에서 이루어지는 모든 관계의 집약적 모델에 지나지 않는다. 그 관계는, 상관의 그때그때의 의향에 대한 부하의 계속적인 순응만 있는 것이 아니다. 부하가 상관을 거꾸러뜨릴 수 있는 수단들을 갖고 있다고 생각할 때는 태도가 돌변할 수도 있다. 스탈린의

11 Georg Lukács, "Tolstoi und die Probleme des Realismus", *Werke Bd. 5, Probleme des Realismus II*, Neuwied und Berlin: Luchterhand 1964, S. 258.

대기실과 접견실이 집중적으로 발산하는 그 공포와 희망에 모두가 계속 순응하는 것은 이런 식으로 정말 모델이 되는데, 수용소의 집행기관들은 자신들의 생존을 위해 태도와 입장을 그 모델에 따라 조정한다. 물론 그 집행기관들이 우선적으로 그러긴 하지만, 당연히 그것들만 그렇게 하는 것은 아니다. 그도 그럴 것이 이러한 체제는 광범위하게 확장되면서 그 대상을 삶의 전 영역에서 가져올 수 있는바, 그 당연한 결과로, 극히 많은 사람이 거대한 장치의 관할영역 속으로 직접 흘러드는 결정을 내릴 수밖에 없는 처지에 빠진다. 그러한 경우에 그 장치의 방법이 객관적으로 작용하지만, 보편성, 영향 등등의 필연적 결과로, 그 논리와 이로부터 야기된 정동(情動, Affekte)은 그렇게 내려진 결정에 주관적으로도 영향을 미친다.

솔제니친은 그러한 경우들도 파악한다. [『지옥의 제일권』에서] 파리로 영전을 앞둔 젊은 외교관이자 고위공무원인 인노껜찌 볼로진은, 오래전부터 존경해왔던 의사이자 교수인 도브로우모프가 자신이 보기에는 아무런 악의도 없는 어떤 경솔한 짓을 저질렀다는 것을 우연히 알게 된다. 지금 그의 자유, 그의 목숨은 위험에 처해 있다. 그에게 경고를 하고 조심하도록 주의를 주어야 할까? 볼로진은 공공 역에서 전화를 걸 때 자기 정체가 확인될 수 있는 건 아닐지 따위를 신경질적으로 조급하게 생각하다가 마침내 그의 입에서 다음과 같은 탄식이 터져 나온다. “우리가 항상 조심만 한다면—우리가 그래도 인간일까?”[12] 그리하여

12 *Der erste Kreis der Hölle*, S. 11.

그는 도브로우모프에게 전화를 건다. [그러나] 도브로우모프 부인의 지나친 신중함 탓에 경고는 실패한다. 하지만 볼로진은 방대한 장편소설이 진행되는 중에 공포와 희망에 괴로워하면서 거듭 등장하는데, 마침내 그는 실제로 체포되며, 우리는 그러한 감옥에 형식상 수감되는 것만으로도 필연적으로 야기되는, 저탈(脫)인간화시키는 퇴락의 목격자가 된다. 수용소 당국이 지닌 사회적 시각은 자연스레 거듭해서 나타나는데, 다소간 순응적인 이데올로그들의 형상에서도 나타난다. 그리고 그 시각은 인간의 일상생활 중 얼마나 많은 부분이 이러한 조작에 복속되어 있는지를 보여준다.

무엇보다도 직접적인 집행자 층이 본질적이다. 여기에서도 솔제니친은 간명하게 성격을 묘사하는 뛰어난 솜씨를 보여주며, 또 인물들이 사회와 그 속에서 행하는 자신의 구체적 활동에 대해, 그리고 이와 함께 자기 자신에 대해 맺고 있는 실천적 관계를—관조적으로가 아니라 자기 자신에 반작용하는 것으로—드러내도록 유발되는 상황들을 관찰하거나 고안하는 뛰어난 솜씨를 보여준다. 여기에서 구체적으로 세분화된 모든 내·외적 변형을 통해 그와 같은 생활방식의 사회·인간적 합법칙성이 입체적으로 아주 선명하게 드러난다. 스피노자가, 그리고 그를 이어서 괴테가, "인간의 가장 큰 두 가지 적", 즉 공포와 희망이라는 정동을 언급한 것은 괜한 일이 아니었다. 바로 이러한 정동의 일상적 작동에 의거해서 돌아가는 제도들은 거기에 얽매인 사람들, 거기에 헌신하는 사람들이 내적인 수동성을 갖도록, 그리하여 인간으로서의 자기 상실에 이르도록 '교육'하지 않을 수 없다. 이것은 그 체제에 예속된 사람들이 내심으로도 완전히 복종하도록 만들기에 충분한 영향력을 지닌 대부분의 관료체제에서 다소간 일어나는 일이다. 관료주의가 거기에 관여된 사람들의 지배적인 생활형태가 된다면, 관료주의가 지시한 결정 방식이 그들의 생활방식을 완전히 규정한다면, 그날그날의 필요에 의해 강요된 장치의 전술이 선 · 악을 가르는 모든 결정의 최종심급이 될 수밖에 없다. 이로부터는 사회적으로 정말 객관적인 행위 규범들은 생겨날 수 없기 때문에, 거기에 조력하는 모든 개인은 순전히 단자적인 주체성으로 퇴락하며 공포와 희망에 의해 숙명적인 지배를 당한다. 그리고 이를 통해 인간의 진정으로 사회적인 능동성은, 비인간적일 때가 자주 있는 한갓 업무상의 수동성으로 변질된다.

여기에서 이러한 인간영역의 내적 동요가 첨예하게 되었다가 가라앉기를 계속 반복하는 가운데 드러난다. 이렇게 생겨나는 동역학의 기본형식은, 그러한 인간들이 외적인 생활과 단자적인 실존에서는 지속적 능동성의 최고치를 대표하는 듯이 보이지만, 이와 동시에—그것도 이러한 능동성이 직접적으로, 누구나 알아차릴 수 있게 분출되는 동일한 생활 행위에서—내적 본질의 측면에서는 완전히 수동적이고, 진정한 인간성의 의미에서 보면 하나같이 공소(空疎)하다는 데 근거하고 있다. 그들이 내딛는 모든 발걸음은 객관적인 필연성에 의해, 사회의 현 단계의 실재적인 사회적 요구에 의해 조건 지어진 것도, 사회적 실천을 통해 자신의 길, 자기 자신의 본래적 자아를 실현하는 인간의 내적 필연성에 의해 조건 지어진 것도 아니다. 그 발걸음은 당장의 일시적 상황에 대한—다시 말해서, 상층부가 내리는 어떤 결정이 올바른 행동, 즉 그 결정 주체에 해가 되지 않고 그를 지원하는 행동으로 평가되는지에 대한—순전히 전술적인 고려에 의해 본질적으로 조건 지어져 있다. 그렇기 때문에 열에 들뜬 이 행동주의는, 인간의 내면과 사회 전체의 견지에서 보면 완전히 경직된 인간적 수동성으로 바뀐다. '위'에서 내려오는 모든 지령이 마치 모든 좋은 기계에서 그러하듯이 추세에 따라 아무런 마찰 없이 실현되는 장치, 스탈린이 바랐던 그런 장치가 객관적 · 사회적으로 생겨난다. 이미 이를 통해 집행기관은 기계장치의 톱니바퀴로 전락하는 것처럼 보인다. 하지만 이렇게 추상적으로 보면 그것은 한갓 가상에 지나지 않는다. 그도 그럴 것이, 공동의 사회적 활동에 전적으로 헌신하고 그 요구들을 자발적으로 완전히 따르는 것이 무조건 인간 발달에 불리하게 작용하란 법은 결코 없다. 목표정립들의 이러한 복합체가 인류를 진작시킨다고 믿는 진정한 확신, 주관적으로 정직하고 열정적이기까지 한 확신으로부터 일반적인 것을 무조건 따르려는 개인적 결단이 생겨난다면, 그러한 헌신은 인격도 좋게—물론 역설적이고 문제적인 방식으로—진작시킬 수 있다. 비록 그러한 경우들이 혁명기에조차도 썩 빈번한 것은 아니지만, 이러한 태도의 상이한 혼합형태의 수는 그만큼 더 많다. 여기에서 우리는 공포와 희망에 의해 조종되는 이기주의적 정동에서 생겨난 한갓 전술적 결정들의 절대적 우선성에 관해 서술했는데, 그 우선성은 그렇게 행동하는 인간을 지극히 편협한 단자성에 가두며, 실제로 그를 거대한 기계장치에 속하는 익명의 톱니바퀴로 평준화시킨다. 관료주의적 행동주의의 이러한 변증법은 주체를 정태적인 수동적 존재로 만들며, 영리하게 생각해서 내려진 그의 결단들을 인간을 변화시킬 능력이 없는 천편일률적인 것으로 바꾼다.

사회와 인간 사이의 이러한 변증법적 상호관계는 관료주의적 감금체제의 수많은 희생자에게는 정반대로 작용한다. 모든 법령은 그 자체로서는 아직 심히 추상적 · 획일적일 수 있다. 하지만 그것들이 개별 경우에 그때그때 적용될 때에는 개별 인간에 대한 구체적 법령으로 조밀하게 될 수밖에 없으며, 이 개별 인간 속에서는 지극히 개인적인 대응운동이 생겨날 수 있다. 그도 그럴 것이 평준화시키고 관료주의적으로 특별히 봐주거나 벌을 가하는 수용소의 질서 속에서, 한 개별 인간이 자기를 [인간으로서] 입증해 보일 수 있는지, 또는 자기를 상실할 수밖에 없는지 여부와 그 양상은, 극히 많은 편차가 있는 개인적 반응방식에 달려 있다. 예컨대 객관적으로 거의 불가피한 특정한 순응행위가 그렇게 순응하는 사람에게 영향을 되미치는지 여부와 그 양상은, 물론 그에게 무엇이 요구되는가 하는 것에 의해 폭넓게 좌우되지만, 궁극적으로는 그가 그 불가피한 순응을 개인적으로 어떻게 수행하고 어떻게 자기 속에 통합할 수 있는가 하는 데 달려 있다. 그러한 과정들의 복잡성을, 그 모순적 본질에 접근하려 시도하는 이 에세이로는 아직 적절히 서술할 수가 없다. 그도 그럴 것이, 그렇게 행동하는 개인은 항상 특정한 사회적 현위치에 입각해서 결정을 내린다. 그의 결단들은, 그가 사회와 그 안에서의 자기 위치에 대해서, 그리고 사회에 대한 자신의 입장에 대해서 자기 속에 품고 있는 관념, 그리고 그 위치에서 자신에게 구속력이 있는 것으로 여기는 지시 등등에 의해 본질적으로 좌우된다.

물론, 인간이 스스로를 인간답게 보전하고자 한다면 부정적으로 답할 수밖에 없는 수용소 간부들의 요구도 있다. 극단적인 경우로, 밀정질이나 생사고락을 나눈 동지에 대한 밀고—이는 장치가 부단히 요구하는 짓이라고 말해도 무방할 것인데—를 생각해보라. 나약하거나 비겁한 사람은 그와 같은 압력에 아무런 저항도 못한 채 굴복하고 만다. 그러한 상황하에서도 공산주의적 신념과 당에 대한 내면적 소속감을 간직했던 수감자들의 처지는 더 복잡하다. 솔제니친은 근본적으로 상이한 사례들을 보여준다. 공산주의자 루빈—이 사람에 관해서도 나중에 더 이야기해야 한다—은 그런 유의 요구들을 처음에는 단호히 거부한다. 과거 참전용사였던 그는, 지시를 내리는 수용소 경찰 당국자에게 다음과 같이 대꾸한다. "나는 소비에트 권력에 대한 헌신을 이미 피로써 입증했습니다. 내가 그것을 잉크로 표명할 필요는 더 이상 없습니다."[13] 그 장교가 다시 꼬드기려 하자 루빈은 자기 말을 다음과 같이 해석함으로써 거절을 약간 '더 외교적으로' 변용한다. "그들이 그를 수감했다는 사실은 그들이 그를 정치적으로 신뢰하지 않는다는 것을 의미한다고 그는 말한 셈입니다. 사정이 그런 한, 그가 보안장교와 같이 일하는 것

13 앞의 책, S. 172.

은 불가능할 것입니다."[14] 당연히 그때부터 그는 마땅치 않게 여겨지며, 그에게 불리한 자료가 계속 수집된다. 꼬드김에 넘어간 젊은이 도로닌의 경우에는 미숙함, 옛 수용소로 이감될지 모른다는 불안감 외에 이데올로기적 계기들도 작용하고 있다. '선'과 '양심' 같은 청년기의 모든 도덕적 범주를 경멸하고 밀고를 애국적 의무로 찬양하는 것이 그것인데, 이 모든 것이 그에게 효과가 없지 않았다. 그래서 그는 꼬드겨질 수 있었는데, 물론 이때 그는 당국의 계획들을 자기가 탐색해 알아내겠다는 의도를 가장 중요한 동료 수감자들에게 털어놓음으로써 일종의 이중첩자 역할을 하려고 한다. 당국을 그렇게 '전술적으로' 속여 넘기고자 한 그의 시도는 금방 아무 가치도 없는 것으로 드러난다. 여기에서 모든 현실적 타협은 인간 존엄성의 상실로 귀결될 수밖에 없다.

따라서 인간적 · 사회적으로 본질적인 사안에서 굽히지 않는 태도는 수용소에서 진정 인간으로 남아 있기 위한 항구적 전제조건이다. 물론 이러한 태도에는 극히 다양한 편차가 있다. 다만 불가결한 것은, 어떤 방식으로든 한갓된 단자성 너머를 가리키는 뭔가가 있다는 점이다. 그도 그럴 것이, 그러한—단자성의 관점에서 보면 공상적으로 보이는—힘들만이, 저항이 불가능해 보이는 압력에 맞서 자기를 보전하는 지속적인 파토스와 개별 인간의 진정한 저항을 정초할 수 있다. 개개의 실제 저항들의 구체적인 등급은 수없이 많다. 저항은 각 개인에 따라 상이

14 같은 곳.

하다. 하지만 인간의 자기보존을 위한 투쟁은 수십 년 간에 걸쳐 각각의 인간을 매일, 때에 따라서는 매시간 심각한 시험대 앞에 세울 수 있기 때문에, 한갓 주관적인 성격의 인간적 저력은 지속적으로 갱신되는 그러한 대응운동을 고무하고 인간을 계속 그 수준의 높이에 있게 하기에는 적합지 않다. 그 저력은 뭔가—현재는 실현가능성이 몹시 작지만—일반적이고 사회적 · 인간적인 내실에 의해 뒷받침되어야만 한다. 인간에게 부단히 되미치는 그러한 내실의 영향만이 해당 인간에게 주어져있는 그때그때의 도덕적 · 지적 상황과 부단히 상호작용하는 가운데 개인의 풍모를 저항하도록, 굳건히 견디도록 규정할 수 있다.

'제일권'은 주로 학식 높은 전문가들로 채워져 있기 때문에 그와 같은 상호작용에서는 자연히 사고의 과학성, 객관성, 순수성 따위가—물론 많은 경우 현학적인 이기주의와 생생히 상호작용하는 가운데—지배적인 역할을 한다. 내적 능동성의 이러한 기반은 솔로그진 같은 인물들에서 아주 분명하게 나타난다. 솔로그진에게 모든 삶의 표현의 중심에 있는 것은 "굴복하지 않기"이다. "사람이란 모름지기 이성을 따르는 불굴의 의지를 지니도록 교육되어야만 한다"[15]는 것이 그의 구호이다. 그에게 "최종 구간"에 대한 긍정으로서, 즉 진정한 완성을 위한 인내와 불굴의 자세와 자기비판에 대한 긍정으로서 생겨나는 사유 작업의 객관적 실행은, 여기에서 그가 했던 활동의 현행적 · 실천적인 결과와 정황으로부터 그를 차폐(遮蔽)한다. 이때 그 역시 일

15 앞의 책, S. 214.

종의 계층[전문지식인 계층] 이기주의가 활개 치도록 놔두는 셈이다. 이런 식으로 그는 네르진처럼 뛰어난 인간들의 모범이자 거의 스승에 가까운 존재가 되며, 이런 식으로 그에게 감옥은 "인간의 삶 속에 존재하는 선과 악 사이의 상호관계를 파악"하기에 "유리한 장소"[16]가 된다. 이 때문에 그는 확신에 찬 공산주의자 루빈과 계속 빈정대며 반목하는 관계에 있게 된다(물론 그들 사이에는 상호 간의 인간적 호감이 있다). 두 사람 간에 심지어 변증법(물론 당시에 지배적이었던 스탈린적 형태의 변증법)을 둘러싼 격렬한 논쟁이 벌어지기도 하는데, 이는 은밀한 극적 긴장에 의해 가리어진 이러한 단조로움이 지닌, 흥을 돋우는 뜻밖의 에피소드 중 하나이다. 변증법의 진정한 문제들에 대한 두 사람의 이해력은 똑같이 강하지만 각기 개인적으로 제약된 방식으로 추상화하는 오해를 범함으로써 그 문제들을 비껴간다는 사실은 여기에서 전혀 중요하지 않다. 중요한 것은 오로지 다음과 같은 사실, 즉 솔로그진에게는 [변증법에 대한] 거부가, 루빈에게는 옹호가 수용소에서의 정신적 · 도덕적인 실존의 결정적 문제로 남아 있다는 사실이다. 이리하여 루빈은 계속해서 내적 갈등에 빠진다. 그에게 우정은 삶의 불가결한 부분인데, 여기에서 그는 신념이 같은 사람들과는 우정을 나눌 수 없는 반면, 벗들은 전부 다 그의 견해에 반대하기 때문이다. 그럼에도 불구하고 그에게 소통은 생명의 욕구로 남아 있다. 이와 부합되게 살 수 있기

16 같은 책, S. 162.

위해 그는 늘 시를 익살스럽게 패러디한 것(모세, 이고리[17])을 낭독한다. 하지만 그에게 그 효과는, 그가 자신이 했던 역할을 나중에 부끄러워할 수밖에 없게 되는 그런 것에 불과하다.

이 계기는 직접적으로 보이는 것보다 훨씬 더 중요하다. 지금까지 우리가 수감자 중에서 도덕적 엘리트들의 특성으로 확인할 수 있었던 것의 이면을 그 계기가 조명해주기 때문이다. 수용소 관료체제의 열광적 능동성, 대부분 전술적으로 노련하고 지속적인 그 능동성의 핵심을 형성했던 인간적으로 경직된 수동성과는 반대로, '인간적 객체들'의 이 부분[수감자 중 도덕적 엘리트들]에서는 강제된 무력함 배후에 스스로 선택한 실천이, 따라서 순종하도록 강요된 수동성 배후에 스스로를 방어하는 인간성의 결코 지울 수 없는 내적 능동성이 작동하고 있다는 것을 우리는 보았다. 이러한 대비는 두 인간 집단[수용소의 관리자들과 수감자들]을 대립시킬 때 결정적으로 중요한 것임에 틀림없다. 그렇지만 정신적 · 도덕적으로 뛰어난 수감자들의 경우에 이러한 대비를 통해 표현되는 것은 그들의 인간적 내실의 추상적 · 일반적인 본질뿐이다. 그들의 인간적 내실 그 자체는 그것의 특수한 차이들도 잘 알아볼 수 있게 만들 때에만 실제로 파악될 수 있다. 따라서 우리는 잠깐 솔로그진의 형상으로 되돌아가야 한다. 바로 앞에서 말한 루빈의 행동에서 기인적 태도로 흐르는 분명한 경향을 어렵지 않게 인식할 수 있는데, 이는 지적이고

17 옮긴이: 작자 미상의 고대 러시아 영웅 서사시 『이고리 원정기』

청교도적으로 설정된 이 인물[솔로그진]의 경우에서도 마찬가지이다. 우리가 보았다시피 솔로그진은 사고의 불요불굴의 비타협적 통일성을 요구하고 실현한다. 이러한 통일성은 올바른 행동원칙들을 동반하지만 이와 동시에 다음과 같은 점에서도, 즉 예컨대 외래어를 "새의 언어", 잘난 체하는 말이라 여기고 일절 피하는 지나치게 소심한 태도에서나, 회의주의 대신 "증대한 의심"이라 말하고, 방법론 대신 "일을 대하는 태도에 대한 일반적인 조망"이라 말하는 따위의 태도에서도 표현된다. 그래서 언젠가 그의 입에서 "영역(Sphäre)"이라는 표현이 무심결에 튀어나왔을 때[18] 그는 솔직히 부끄러움에 가득 차게 된다. 자, 이것이 기인의 기벽이 아니고 무엇이겠는가?

물론 사람들은 비본질적인 기벽을 삶의 중심에 두는 기인적 태도를 특정인들의 심적 특성이라고, 순전히 심리학적으로 보는 데 익숙해 있다. 이러한 사고방식은 잘못된 것인데, 특히 여기에서 더 그렇다. 그도 그럴 것이 기인적 태도는 현실의 특수한 성질에서, 자신의 사회적 실천의 가능성의 특수한 성질에서 발원하는 모종의 주체적 태도이다. 더 정확히 말하면, 어떤 사람이 그가 어쩔 수 없이 살아야만 하는 사회의 특정한 현상형태들, 그것도 바로 자신의 인격적 · 도덕적 삶을 영위하는 데 결정적으로 중요하게 되는 그런 현상형태들에 의해 위협받는 자신의 내적 온전성이 보전되어 있도록 그 현상형태들을 마음속으로는 부정할 수 있지만, 그러한 거부를 실제로 자기 자신의 실

18 앞의 책, S. 161ff.

천으로 바꾸기—이는 인간으로 있으려면 이제 필요하게 된 일인데—는 사회적 제약으로 불가능하기 때문에 다소간 추상적으로 왜곡된 내면성에 갇혀 있을 수밖에 없는 데에서 발원하는 것이다. 이로 인해 그의 성격이 기이한 것, 괴팍한 것으로 틀어지게 된다. 이처럼 특수한 경우에서 일어나는 개인성과 사회의 그러한 상호작용을 정확하게 파악하기 위해서는, 무엇보다도 이 유형을 사회적 상황에 기인하기는 마찬가지인, 냉소적으로 유머러스한, 많은 경우 지적 수준이 매우 높은 타락(Verkommenheit)과 정확하게 구분해야만 한다. 팔스타프[19]도 라모의 조카[20]도 기인이 아니다. 이들에게는 다름 아닌 도덕적으로 격동된 저항이 없다. 이들은 순응한다. 하지만 이와 동시에 자신들에게 그러한 순응을 요구하는 사회를, 그리고 이기주의 때문에 그렇게 순응하는 자기 자신을 예리하게 비판한다.

기인적 태도는 본질적으로 근대적인 현상이며, 실제로 사회화된 최초의 사회인 자본주의의 산물이다. 그 어떤 작품도 능가하지 못했던 돈키호테의 희극적 위엄은 경계선상에 있다. 그것은 무엇보다도 오도된 영웅주의에서 발원한다. 그것은 몰락하고 있는 봉건세계의 최선의 도덕적 특성들이 벌이는 위대한 퇴각전이다. 돈키호테가 벌이는 정직한 영웅적 투쟁은 모두 그로테스크한 희극성으로 끝나며, 그의 도덕적 중심점, 그의 불굴의

19 옮긴이: 주세페 베르디(Giuseppe Verdi)의 오페라 『팔스타프』(*Falstff*)의 주인공.

20 옮긴이: 드니 디드로(Denis Diderot)의 작품 『라모의 조카』의 주인공.

인격을 떠받치는 힘은 현실화를 시도하는 족족 자가당착에 빠져 희극적인 것이 될 수밖에 없는데, 오직 이런 점들을 통해서만 [돈키호테와] 기인과의 먼 친화성이 생겨난다. 하지만 여기에서는 아직 실천 자체가 주 · 객관적으로 끊어지지 않는다. 그리고 그 때문에 인간적 개성도 존재한다. 이와 달리 로런스 스턴(Laurence Sterne)에서 찰스 디킨스(Charles Dickens) 및 빌헬름 라베(Wilhelm Raabe)까지의 작품에서 볼 수 있는 기인적 태도는 다름 아니라 주체에 반작용하면서 주체를 왜곡시키는 사회 권력에서, 인격성과 사회성을 똑같이 포괄하는 대항의 불가능성에서 발원한다. 그래서 가장 정직하고 가장 정당한 저항이—이때 주관적 온전성의 상실을 필요로 하지는 않지만—객관적으로 괴팍한 것으로 비틀릴 수밖에 없는 것이다.

네르진의 경우 이러한 태도는 한층 더 미묘한 방식으로 나타난다. 이미 소싯적부터 그는 배우고 이해하는 일에 열정을 지녔었다. 그래서 그는 기술자들에 대한 재판을 진작부터 큰 의심을 품고 추적했으며, 구(舊)볼셰비키들에 대한 재판 보고서는 더 이상 한 마디도 믿지 않았다. 레닌을 읽은 후에 그에게—스탈린 숭배자인 루빈에게 그가 때때로 말하듯이—스탈린이 쓴 글의 내용과 문체는 마치 접시에 담긴 거친 보리죽처럼 느껴졌다. "모든 사상이 그의 글에서는 조잡하고 멍청하게 된다. 이때 가장 중요한 것을 그가 어떻게 놓치고 있는지를 그 자신은 알아채지 못한다."[21] 이리하여 그는 전쟁터로 갔고, 전쟁터에서 감

21 *Der erste Kreis der Hölle*, S. 49.

옥으로 갔다. 배우고 이해하는 일은 여기에서도 그의 향도성(嚮導星)으로 남아 있다. 이전에 자유롭게 살았을 때 그는 재능 있는 수학자였지만, 이제는 오로지 인간의 운명에만 생생한 관심을 갖고 있다. 그는 역사적 문제들에 관해 숙고하는데, 물론 메모들은 조심스럽게 숨겨야만 한다. 그리하여 그는, 그의 옛 교수 중 한 명이 석방과 전과 말소를 약속하는 어떤 일자리에 그를 추천했을 때 다음과 같이 솔직하게 말하게 된다. "아닙니다. 그렇지 않아요! 어떤 사람을 사고방식 때문에 감옥에 가둘 수는 없다는 것을 그들이 먼저 인정해야 합니다. 그리고 나서 **우리는** 우리가 [그들을] 용서할지 어떨지를 볼 것입니다."[22] 이 대화가 있은 후 그의 상관이 실제로 지시를 내렸을 때 그는 거부하는데, 물론 이때 그는 현재 배치된 분과가 요구하는 일들을 근거로 '한층 더 외교적인' 이유를 댄다. 물론 그동안 은밀하게 해온 역사 연구를 계속하려는 바람 또한 여기에서 중요한 역할을 한다. 따라서 결정적인 상황에서 그는 솔로그진과 전혀 다르게 행동한다. 인간성 문제에 대한 이같이 단호한 몰두는 (틈틈이 그는 『파우스트』를 감탄하면서 분석하는데, 이 또한 루빈과 대비되는 점이다) 그의 생활태도에서 민중, 즉 평민적 민중성(eine plebejische Volkhaftigkeit)에 대한 그의 관계를 규정하는데, 그는 평민적 민중성을 인간들과 그 공동체에 대한 유일하게 가치 있는 관계로 여긴다. 그러나 이 철저한 확신은 주어진 상황하에서는 단순한 감정으로 머물러 있을 수밖에 없다. 그것이 행동으로 옮겨지면 별

22 앞의 책, S. 57.

난 모습을 띠게 된다. 장편소설의 진행 과정에서 나타나는 유일한 능동적 표현은 농부 스삐리돈에 대한 네르진의 진정한 우정이다. 그가 보기에 스삐리돈은 민중의 화신이다. 운명의 전환들로 가득 찬 스삐리돈의 생애가 네르진 자신의 인생관으로부터는 답해질 수 없는 물음들을 자꾸 제기한다는 것이 바로 그 이유이다. 그 물음들이 너무 복잡하거나 심오한 것처럼 보여서 그런 것이 아니라, 스삐리돈이 항상 농민적으로 완성된 직접성에 입각해 행동하며, 곧잘 영리하고 능숙하게, 그리고 자신의 인간적 정직성을 결코 잃지 않으면서도 자기가 내린 결단들의 사회적 합리성이 무엇일 수 있을지에 대해서는 언제나—긍정적으로든 부정적으로든—개의치 않고 행동하기 때문에 그런 것이다(예컨대 그는 아무런 갈등도 없이 백군 빨치산에서 적군 빨치산으로 전향하며, 한번은 집단농장화의 희생자였다가 다음번엔 열렬한 조력자가 되기도 하는 등등의 모습을 보인다). 지금 그는 눈이 거의 먼 채 이 수용소에서 살아가고 있다. 언젠가 네르진이 그가 하는 말을 오랫동안 귀 기울여 들은 후 누가 옳은지 누가 유죄인지를 물었을 때, 스삐리돈은 확고부동한 확신을 지니고 다음과 같이 대답한다. "양치기 개는 옳아. 식인종은 옳지 않지."[23]

여기에서도 사태를 명확히 하기 위해서는 스삐리돈의 태도와 그의 지적인 숭배자의 태도를 분명하게 구분하는 것이 중요하다. 전자에게는 기인적 태도의 흔적이라고는 전혀 없다. 그의 본질은—주체적 · 인간적 측면에서 보자면—마르크스가 편협

23 같은 책, S. 468.

한 완성(eine bornierte Vollendung)이라고 부르곤 했던 것의 극단적인 실현이다. 그런데 이에 대해 마치 인간적 전범을 대하는 양 열광한다면 그것은 네르진처럼 그렇게 박식하고 예민한 인간의 경우에는 영락없이 기인적 태도를 의미한다. 그가 온갖 경탄에도 불구하고 필연적으로 이 농민적 지혜를 사상적 실천에서조차도 적용할 수 없기 때문에 더욱더 그렇다. 실은 반대로, 이 농민적 지혜에 의해 그의 사상세계는 기초가 다져지거나 심화되는 것이 아니라 객관적으로 볼 때 오히려 뒤엉키며 일그러진다. 그 농민적 지혜가 그에게 단단한 토대와 폭넓은 전망의 외관을 제공하는 것은 사실이며, 네르진의 경우에 그 토대와 전망은 고도의 주관적 진정성을 지닌다. 그렇지만 그가 자신에게 중요한 문제들에서 입장을 취해야 할 때 한층 더 높은 차원에서 주관적으로 깊은 확신을 갖고 내린 결정은, 스삐리돈이 실제로 영위하는 삶과도, 그가 경탄해마지 않았던 스삐리돈의 '이론적' 삶의 지혜와도 아무런 공통점이 없다. 실천적 (사상적 실천에서조차도) 현실화의 최소한의 가능성도 없는 채로 신봉하는 마음은 변함이 없이 지속된다. 따라서 우리는—이 문제는 뒤에서 다시 다룰 것인데—순수한 평민성 속에서 가치 있는 잠재력들(한갓 편협한 완성의 형태를 띤 것이라 할지라도)을 항상 인지하고 존중해야만 하지만, 이와 동시에 그 속에 있는 두 가지 상이한 경향을 분명히 구분해야만 한다. 한 경향은 민중적 삶의 편협한 완성을 인류의 엄청난 저력으로, 그 편협한 한계가 극복되면 인류의 혁명적 재생의 강력한 매체로 발전될 수 있는 그런 저력으로 본다. 다른 경향은 여기에 있는 통일성의 힘들에 대한 단순한 무비판적 경탄에 머물러 있으며—괴테는 "가장 보잘것없는 사람이 완전할 수 있다"고 말한다—그리하여 대개는 여기 네르진처럼 길을 잃고 헤매다가 기인적 태도에 빠져들고 만다. 우리는 신중하게 '대개는'이라고 말했는데, 현재의 문명을 민중적 삶 속에 잠재해 있는 힘들과 대비시키는 가운데 비판하는 것이 예술에서는 압도적인 탄핵의 비장함을 띨 수 있기 때문이다. 이와 관련해서는 벨러 버르토크[24]의 〈칸타타 프로파나〉(Cantata profana)를 지적하는 것으로 충분하다. [버르토크의 그 작품에서] 그러한 경탄은 능동적 · 평민적 · 혁명적인 탄핵으로 바뀌는데, 이러한 탄핵은 예술에서, 그중에서도 특히 음악에서는, 구체적으로 실현되어야 할 목표설정을 필요로 하지 않으면서도 인류의 삶의 중심영역을 위한 이정표 역할을 할 수 있다. 네르진에게는 당연히 그러한 출구가 없다. 그 때문에 그에게는 그렇지 않아도 존재하던 기인적 태도로의 경향이 강화된다.

장편소설의 결말은 단지 두 가지—진작부터 예견되었던—사건만 제공한다. 즉, 볼로진은 체포되고 네르진은 일반 수용소로 이송된다. 그러니까 말하자면, 발전의 한 시대—스탈린의 생애 마지막 시대, 티토와의 단절[25] 이후의 시대가 문제이다—의 내

---

24 옮긴이: 벨러 버르토크(Béla Bartók, 1881~1945)는 세계적으로 유명한 헝가리의 작곡가이다.

25 옮긴이: 옛 유고슬로비아의 지도자 요지프 브로즈 티토(Josip Broz Tito)의 자주노선을 못마땅하게 여겼던 소련은 1948년 6월 코민포름 제2차 회의에서 유고슬로비아 공산당의 제명을 결정했으며, 9월에서 10월에 걸쳐 유고슬라비아와의 모든 조약을 파기하고 외교 관계를 단절했다.

면에 대한 그토록 풍부하고 역동적인 조명은, 주관적으로 인물들에서도 객관적으로 사회에서도 현실적인 변화를 만들어내지 않는다. 줄거리는 바로 지금 존재하는 것을 드러내는 것으로 엄격히 한정되어 있다. 따라서 반응들로 그렇게 풍부하게 절합(節合)된[26] 이 복합체의 사건진행 시간이 단지 며칠에 지나지 않는 것은 우연이 아니다. 이런 유의 반응들의 총체성은 그렇게 짧은 시공간 속에서도 충분히 펼쳐질 수 있는 것이다.

3.

두 번째 장편소설[『암병동』]은 한편으로는 더 불안정한 시기, 스탈린의 죽음[1953년 3월 5일] 이후 그의 유산을 청산하려는 최초의 시도들이 이루어진 시기를 배경으로 펼쳐진다. 다른 한편으로, 그 장편소설에서 인물의 반응들을 야기하는 '무대'는 오

26 옮긴이: "gegliedert"를 옮긴 말이다. 루카치의 '복합체(성)=총체(성)' 개념이 '동일성의 원리'나 '표현적 총체성'으로 환원될 수 없다는 것을 드러내기 위해서 여기에서는 'gliedern'을 '정렬하다' '편성하다' 등으로 옮기지 않고 의도적으로—원래 우리말에는 없는—'절합하다'로 옮긴다. '절합'이라는 말은 루이 알튀세르(Louis Althusser)의 주요한 용어인 'articulation'을 우리말로 옮길 때 사용되곤 한다. 그 뜻은 '분절과 결합의 동시적 수행', '마디와 마디가 관절처럼 맞붙어 둘이면서도 하나로 작동하는 상태 또는 구성체계'라 할 수 있는데, 루카치의 복합체의 구성방식이 또한 그러하다고 볼 수 있다.

지에 있는 어떤 암병동이다. 따라서 그것이 산출하는 대결들은 더 이상 선행 작품[『지옥의 제1권』]의 그것들만이 아니다. 즉, 직접적으로는—이 점에서는 『마의 산』에 더 가까운데—삶과 죽음 사이에 있는 상태, 죽음의 그림자가 드리워진 삶, 임박한 죽음이 인물들이 영위하는 삶에 대해 갖는 의미 등이 문제이다. 이와 더불어 중요한 행위 및 반응 기능을 하는 완전히 새로운 인물층이 등장하는데, 이 인물층은 스탈린 시대의 정치와 능동적으로든 수동적으로든 직접 결부되어 있지는 않으며, 그렇기 때문에—이는 첫 번째 장편소설에서는 다룰 수 없었던 것인데—그러한 문제복합체들[스탈린 시대의 정치] 바깥에 있는 폭넓은 근로대중을 제시할 수 있다. 게다가 환자들 대다수도 정상적인 생활에서 벗어나 이러한 다른 삶을 살도록 요구받는다. 그렇다고 해서 첫 번째 장편소설에 나오는 중대한 대조가 지닌 중심적 의미가 사라져버린다거나 추월되어버렸다고 말하는 것은 아니다. 사건진행의 시점(時點)만 보더라도 그렇게 말할 수 없다. 그리고 실제로 여기에서도 첫 번째 장편소설에 나오는 양극이 관심의 중심축을 이루고 있는데, 다만, 장소와 시간에 걸맞게 다른 식으로, 더 폭넓고 더 강력하게 그 양극의 대조가 이루어진다. 한데 그 양극이 이 폭 넓은 배경에 두드러져 보임으로써, 그리고 임박한 죽음으로부터 생기는, 여기에서 직접적으로 중심이 되는 삶의 문제들이, 스탈린 시기의 존재에 뿌리를 두고 있는 특유의 규정성들과 계속 교차됨으로써, 이 장편소설도 첫 번째 장편소설과 아주 깊은 근친관계에 있게 되는데, 이는 비단 형식적 · 서사적인 형상화의 유사성 때문만은 아니다.

새로운 인물층으로 이야기를 시작해보자. 이 인물층은 정치적 형벌을 받은 적이 없는 환자들로 구성되며, 병원 종사자, 즉 의사들(주로 여의사들)과 간호사들이 그 정점에 있다. 두 장편소설을 아주 피상적으로 훑어보기만 해도, 왕정복고나 사회주의 체제의 붕괴 또는 자본주의의 부활을 지향하는 생각과 감정을 조금이라도 가진 인물은 전혀 없다는 점이 눈에 띈다. 피상적인 독서를 할 경우, 첫 번째 장편소설에서는 이것을 감시받고 있다고 느끼고 은밀한 생각을 숨긴 탓으로 돌릴 수도 있을 것이다. 여기, 대다수 인물이 자유로이 움직일 수 있으며 통제받지 않는 사생활을 영위하는 두 번째 장편소설에서, 당대 현실에 대한 솔제니친의 생각이 명확하게 표현된다.

병원 종사자를 여기에서 가능한 것보다 더 정확하게 묘사하는 것이 가치 있을지도 모르겠다. 당연히 물질적 가능성들은 극히 제한되어 있다. 비인간적 행위로 쉽게 모습을 드러낼 수 있는 관료주의가 외부 질서를 지배하고 있음도 물론이다. 예컨대 새 환자를 받을 수 있는 빈 침대를 확보하기 위해 가망 없는 환자들은 집에서 죽음을 맞이하도록 강요하는 병동의 규정들에서 그런 점을 볼 수 있다. 하지만 이미 여기에서 어떻게 여의사들이 모든 환자를 위해 싸우며 때때로 관료 기구까지 양보하도록 밀고 나가는지를 자주 볼 수 있다. 그러나 더욱더 중요한 것은, 그들 중 압도적 다수가 환자에 대해 지니고 있는 내적 입장이다. 그들 대다수의 심리는 일체의 무감각한 숙련, 환자들을 연구의 진보를 위한 (그럼으로써 자신의 경력을 쌓기 위한) 실험 대상으로 보는 일체의 '과학적' 불손함과는 아주 거리가 멀다. 실상은 반대다. 그들이 지식을 쌓고 자신들의 방법론을 자기비판하는 것은 주로 병의 치유—여기에서는 물론 지극히 드물게 일어나는 일이지만—를 위한 것이다. 주임의사 돈초바의 경우, "그녀가 성공한 다행스러운 케이스들, 그녀가 힘겹게 얻은 승리"는 모두 다 금방 잊어버리지만, 불행한 케이스들, "바퀴에 깔려버린 저 가련한 사람들"[27]은 항상 기억하고 있는 데에서 그녀의 자성(自省)은 정점에 달한다. 모든 인간문제에서 지극히 비판적인 입장을 취하는 코스토글로토프는 여의사 베라 간가르트에 대해서, 그녀는 직업상 선량한 것이 아니라 그냥 천성적으로 착한 사람이라고 말한다. 그리고 연구를 위한 진정한 소질과 열정을 지닌 주임의사 돈초바에 대해서는, 어떤 사람을 학문의 후보자로 만들 수 있을 그런 나약함이 그녀에게는 없다고 저자 스스로 말할 수 있다. 그리하여 그녀는, 환자에 따라 나타나는 모습은 다르지만 확고한 인격적 존경을 받는다. 그녀의 현명하면서도 감정이입할 태세를 갖춘 통찰력은, 병세가 호전되어가던 코스토글로토프로 하여금—그는 극히 의심스러운 생존 가능성을 자기 방식으로 현실화할 수 있기 위해 지금 병원을 떠나고 싶어 한다—더 남아서 이미 시작한 치료를 계속하게끔 만든다. 그녀의 지식, 그녀의 현명한 인간적 탁월성은 코스토글로토프가 환

---

27 Alexander Solschenizyn, *Krebsstation Bd. 1*, Neuwied und Berlin: Luchterhand 1968, S. 138. [옮긴이: 아래에서 인명표기는 두 권으로 나온 국역본 『암병동』(이영의 옮김, 민음사, 2015)에 따라서 하되 인용문은 루카치가 인용하고 있는 독일어본에 따라 옮긴다는 것을 밝혀둔다.]

자들의 동의 없이 그들의 운명을 결정하는 의사의 권리에 반대하면서 자기는 결코 [의사들에 의해] 구원받기를 원치 않는다고 천명할 때 내비친 완고함에 승리를 거둔다. 그녀의 명철한 단호함, 인간을 사랑하는 것이기 때문에 궁극적으로는 사랑스러운 그 단호함은, 기인적 양상을 띤 그의 고집을 극복한다. 이곳에서 사회적으로 강등됐다고 느끼면서 중앙의 고급 병원에서 치료받기만을 바라는 거만한 관료 루사노프 역시 그녀의 현명한 목표의식성 앞에 굴복하지 않을 수 없다.

강제수용소의 병원이 저지르는 자의적인 잔학행위에 관해서는 거의 모르는(코스토글로토프가 돈초바에게 유형 시절에 자기 병에 대한 초기 진료가 어떻게 이루어졌는지를 이야기했을 때 그녀는 깜짝 놀라면서, 정말이지 이성을 잃을 정도로까지 격앙되고 충격을 받는 가운데 그의 말에 귀를 기울인다), 자신들의 개인적 삶에서 강제수용소의 병원과는 아무런 접촉도 없었던 인물층 전체가 이런 식으로 우리에게 모습을 드러낸다. 이와 동시에 여기에서는, 우리가 도덕적으로 최상의 수감자들에서 기인적 태도라고 불렀던 것이 왜 그 어떤 천성적인 심리적 성향에서 생기는 것이 아닌지, 어떻게 해서 그것이 그들에게 강요된 생활방식 및 이에 맞선 용감한 저항, 감옥에서도 자신의 인간적 온전성을 보전하려는 성공적 시도 등의 왜곡 효과인지가 밝혀진다. 암병동의 의사들은 그 어떤 종류의 기인적 면모도 내보이지 않는다.

병세의 진전 결과가 인간적으로 극적인 것으로 급변한 환자들에게도 이러한 기인적 면모는 없다. 그때까지 아무런 근심 없이 쾌활했던 어린 소녀 아샤는, 유방 한쪽을 떼어내는 수술을 받게 될 것이라는 사실을 알게 된다. 절망에 찬 그녀는 자기를 숭배하는 중학생 좀카(얼마 전에 다리 하나를 절단하는 수술을 받았던)에게 달려간다. 그녀는 앞으로 남은 자기 삶은 아무 희망도 없다고 생각한다. 유방이 한쪽만 달린 그녀를 그래도 필요로 할 사람은 아무도 없을 것이라는 게 그녀의 생각이다. 그 자신도 아직 침대를 지켜야 하는 좀카가 위로하기 위해, 그래도 자기는 그녀와 결혼하겠다는 선언을 하지만 그녀는 거의 귀 기울이지 않는다. 그녀는 "이젠 어떻게 바닷가를 가겠어?"라고 외친다. 결국 그녀는 좀카가 그녀의 유방을 볼 수 있고 키스할 수 있는 마지막 남자가 될 수 있도록 하기 위해 옷을 벗어 유방을 드러낸다.[28]

주임의사 돈초바가 자기가 암에 걸렸다는 것을 알게 되었을 때 그녀의 운명은 인간적으로 의당 훨씬 더 높은 수준에서 펼쳐진다. 그녀의 차분히 자제된 절망, 아무런 환상도 갖지 않는 그녀의 용감한 태도는, 자신에게 내려진 사망 선고를 인간성을 보전하는 생활태도 속에 통합하려고 노력하는 한 고귀한 여인이 삶을 보는 시각을 보여준다. 한데 직접적으로 순수 이론적인 대화에서조차 수용소에서 나타나는 기인적 양상을 띤 왜곡에 대한 이러한 거리가 분명하게 표현된다. 재능은 있지만 아직 그것을 펼치지는 못한 젊은 학자 바짐은 자신에게 학문적 문제들이 얼마나 재미있는지에 대해 이야기한다. 그와 마찬가지로 수용

28 *Krebsstation Bd. 2*, Neuwied und Berlin: Luchterhand 1969, S. 141.

소에 수감된 적은 없는 중환자 술루빈—그에 대해서는 나중에 더 자세히 말해야 한다—은 한갓 재미를 학문의 동기로 삼는 것을 단호히 거부하면서 다음과 같이 말한다. "그러한 설명으로는 학문이 이기주의적이고 도덕적으로 무가치한 수많은 업무의 수준을 넘어서지 못해."[29] 그는 통속적으로 보이는 일상경험의 예들을 들면서, 인간적 의미에서의 현실적 삶을 바꾸는 학문의 기능에 눈을 돌리게 하는데, 이것이 학문에 몰두하는 일을 진정 가치 있게 만든다는 것이다. 옳고 그름은 차치하고, 논쟁하는 두 사람 중 그 누구도 기인적 양상을 띤 입장에서 출발하고 있지 않다.

이와 달리 우리는 코스토글로토프의 체험을 통해 한 의사를 알게 되는데, 그는 자신이 "영구히" 추방당한 곳인 스텝 지대의 한 마을에 그대로 살면서 활동하고 있는 사람이다. 이 노쇠한 산부인과 의사 카드민은, 같이 추방당한 부인과 함께 거기에서 살아갈 수 있기 위해 형언할 수 없는 노력을 기울인다. 두 사람은 조화롭고 정말이지 행복한 삶을 일구어간다. 그는 주민들에게 사랑과 존경을 받고 있다. 그는 정원이 있는 오두막을 소유하고, 그 속에서 코롤렝코[30]를 인용하면서 편안함을 느낄 수 있게 된다. 바로 이러한 외부 질서가 내면의 평화를 보장해주기 때문이다. 이런 식으로 그들은 여기에서 자신들의 고유한 질서

29 앞의 책, S. 120.

30 옮긴이: 블라디미르 코롤렝코(Wladimir Korolenko, 1853~1921)는 우크라이나 출신의 러시아 작가이다.

를 만들어낸다. 정원에 자급을 위한 유용식물이라고는 하나도 없는 것처럼—카드민 부부는 "하지만 그런 것은 살 수 있잖아"[31] 라고 말한다—그들이 가축을 기르기는 하지만 이 경우에도 시골에 유용한 모든 가축, 소와 돼지와 닭 등등은 기르지 않고 개와 고양이들만 데리고 있는데, 그들은 이 개와 고양이들을 훈련시켜 거의 사람에 버금가는 충성심을 갖게 만든다. 코스토글로토프는 이 카드민 부부와, 그리고 이들이 키우는 개와 고양이들과도 내적으로 깊은 유대감을 느낀다. 그는 혹 가능하다면 여의사나 간호사와 함께 암병동에서 나와 이 마을로 들어가서 그의 여생을 인간적인 방식으로 완성하고 끝맺기를 원한다.

여기에서도 우리는 수감의 희생자 중 최상의 사람들이 어떻게 주로 기인 같은 형태로만 자신들의 인간적 존엄을 지키고 생생하게 보전할 수 있는지를 보게 된다. 코스토글로토프는 자신의 정신적 · 도덕적 실존의 이러한 기반에 대해 대부분의 운명의 동지들보다 더욱 분명한 통찰을 습득했다. "솔직히 말하자면 나는 사는 데 그렇게 많이 매달리는 사람이 전혀 아닙니다. 제대로 된 생활을 한 번도 해본 적이 없고 미래에도 하지 못할 터라서 하는 말입니다."[32] 억류 생활의 아무런 전망 없는 고난은 그의 병세가 호전될 가망이 없다는 인식과 결합되어 기인적 태도를, 그리고 그것의 존재적 기반에 대한 점점 더 분명해지는 느낌을 규정하고 있다. 그 삶의 색조는 안팎으로 규정되어 있

31 *Krebsstation Bd. 1*, S. 387.
32 앞의 책, S. 121.

다. 그가 몇몇 입장을 아무리 열정적으로 표명한다 하더라도 그는 새로운 것을 산출하는 창조적 유형이라기보다는 단순히 수용적인 유형에 훨씬 더 가깝다. 그는 자기 할아버지의 격언을 인용하는데, 이 인용문은 그의 기본태도의 특징을 아주 잘 보여준다. "멍청한 사람은 가르치려 하고 현명한 사람은 배우려고 한다."[33] 물론 이것은 전반적으로 그의 운명에 의해 규정된 것이다. 즉, 유형으로 그의 학업은 중단되었으며, 설사 사면이 내려진다 하더라도 놓쳐버린 것을 따라잡기에는 지금 그는 너무 늙어버렸다. 그가 현실에 대해 얻을 수 있는 지식을 모두 다 열정적으로 습득한다 하더라도, 그 지식을 장차 생산적으로 사용할 수 있다는 전망(혹은 환상)이 그에게는 전혀 없다. 그 친한 의사[카드민]의 운명과 같은 것이 그가 아직 삶에 바라는 최대한의 것이다.

물론 이러한 태도에는 『지옥의 제1권』 이후 이루어진 사회적 존재의 변화도 작용하고 있다. 『지옥의 제1권』에서는 스탈린의 생애 마지막 시기의 요지부동 상태, 그렇게 고착된 아무런 희망도 없는 상태가 규정적인 환경이었다. 하지만 지금은 단호한 변화의 시작점에 서 있는 것처럼 보인다. 물론 이에 대해 보도하는 신문들이 코스토글로토프와 관료인 루사노프에게만 인기가 있다는 사실은 기나긴 과거의 영향을 특징적으로 보여준다. 착수된 전환에 대한 보도(말렌코프의 해임)가 코스토글로토프를 격하게 흥분시키는 것은 사실이지만, 그의 삶살이와 삶을 보는 시

33 같은 책, S. 176.

각의 본질은 더 이상 전혀 바꿀 수 없다.

이 사회적 변화에 대한 루사노프의 반응은 완전히 상반되지만 그러한 유의 반응에서 전형적이기는 마찬가지이다. 우리는 그가 아주 평범한 병원에서, 아주 평범한 사람들 속에 섞여 일괄적으로 치료받는 것을 속으로 분노하면서 받아들였다는 것을 알고 있다. 날마다 신문이 배달될 때 코스토글로토프가 그의 우선권을 존중하지 않는 것 또한 그를 격앙하게 만든다. 이때 그는 자신이 신문을 제대로 읽을 수 있는 유일한 사람이라고 생각한다. 그에게 신문은 "공개적으로 유포된 것이긴 하지만 실제로는 암호로 작성된 지령이며, 분명한 어조로 표현되어서는 안 되었던 메시지이다. 박식하고 노련한 사람은 이 메시지를 통해 기사 배치의 어떤 눈에 띄지 않는 표시들이나 언급되어 있지 않은 것에서 최신 노선에 대한 신뢰할 만한 감을 잡을 수 있게 된다"[34]는 것이 그의 생각이다. 근본적 전환의 저 분명해 보이는 징후들이 루사노프의 마음 속에 도덕적 격분에 근거를 둔 패닉을 야기한다는 것은 너무나 쉽게 이해될 수 있는 일이다. 이 패닉은 맨 먼저 그의 고발행위에 당한 몇몇 희생자가 나타나는 악몽에서 모습을 드러낸다. 이 악몽 속에서 그는 자신이 올바르게 행동했으며 "시민으로서 당연한 의무"[35]를 다했을 뿐이라고 깊이 확신하고 있음에도 새로운 최고 법정에 출두하라는 소환을 당한다. 이런 식으로 지금 그는 딸이 수도에서 방문하러 올 때

34 같은 책, S. 303.

35 같은 책, S. 312.

까지 지속적인 불안의 분위기 속에서 살아가고 있다.

그의 딸은 그에게 어울리는 존재이다. 솔제니친이 그녀의 형상을 풍자적 · 희화적으로 그리는 것이 독자를 놀라게 하지는 않을 것이다. 순응을 통해 스스로를 파괴하는 인물들에 대한 몇몇 극단적 성격의 모사와 마찬가지로 유감스럽게도 그녀의 형상은 예술상으로도 이미 도식성으로 넘어가는 특징들을 지니고 있다. 루사노프의 딸 역시 근본적으로 보자면 지금 막 진행되고 있는 전환에 대해 분노하고 있다. 그녀는 다음과 같이 말한다. "그래 좋아요, 그들이 언젠가 부당하게 유죄판결을 받았다고 쳐요. 하지만 이제 와서 무엇 때문에 그들을 그 먼 데서 다시 데려와요?" 그녀의 생각에 따르면, 이것은 그 사람들에게도 "고통스럽고 끔찍한 과정"[36]이다. 막 지나간 시기에 적극적으로 행동했던 사람들이 전반적으로 몹시 부당하게 다루어지고 있다고 보는 그녀의 말에 따르면, "찾아가서 **신호를 보내는**[밀고하는] 사람이 진보적이고 의무감 있는 인간"[37]이다. 이에 덧붙여 그녀는, 물론 사람들은 "시대가 우리에게 맞는지 여부와는 전혀 무관하게 시대와 함께 갈"[38] 수밖에 없다고 한다. 하지만 이와 동시에 그녀는, 사람들이 올바른 관계를 가지고 그 관계를 제대로 사용할 줄만 안다면 이 모든 난관은 극복될 수 있을 것이라고 밝힌다. 사람들은 "좋은 직감을 갖고 시대정신에 적응하기"만 하면

---

36 같은 책, S. 396.
37 같은 책, S. 398.
38 같은 책, S. 400.

된다, "이것이 가장 중요한 일!"[39]이라는 것이다. 루사노프는 자랑스러워하면서, 마음이 점점 더 안정되는 가운데 자신의 소중한 딸을 바라본다. 모스크바에서 저널리즘에서 순문학 쪽으로 막 이직한—이 때문에 그녀는 그 방에 있는 몇몇 사람에게 흥미를 불러일으키는데—그녀는 원칙적인 문제들에 대해서도 말하게 된다. 그녀는 이데올로기상의 전환에 대해서 부드러우면서도 우월감을 지닌 조소를 보낸다. "이전에는 갈등은 존재해서는 안 된다!고 했지요. 그런데 지금 와서는 무갈등론은 잘못된 이론이라고 해요. (…) 하지만 모두가 한꺼번에 갑자기 새로운 어투로 말하고 있기 때문에, 사람들은 급격한 변화를 전혀 알아채지 못하고 있어요."[40] 그렇기 때문에 그녀는 우월감을 가지고 옙투셴코[41] 같은 사람들을 비웃는다. 한데 그녀는 새로운 것을 총괄해서 말하기를, 그것을 스탈린주의의 전성기에 있었던 문학 교리들과 구분할 수 있을 사람은 아무도 없을 것이라고 한다. "좋은 것이 더 좋아지도록 좋은 것에 대해 대담하게 말해야 해요!"[42] 있는 것을 묘사하는 것은 아직 없는, 하지만 언젠가 틀림없이 있게 될 것을 묘사하는 것보다 훨씬 더 쉬운 일이다. (…)

39 같은 책, S. 404.

40 같은 곳.

41 옮긴이: 예브게니 옙투셴코(Jewgeni Jewtuschenko, 1932~2017)는 이른바 '해빙기' 때에 명성이 높았던 러시아의 시인이다. 소설과 에세이, 드라마, 영화시나리오 등도 창작했으며 배우와 영화감독도 했다.

42 앞의 책, S. 408.

진리란 있어야만 하는 그런 것이다......[43] [등등의 말이 이어진다.] 물론 전술적으로 낭만주의에 대한 즈다노프의 용어를 끌어대지는 않지만, 그것이 다시 현재적 요구의 중심에 들어온다. 루사노프는 딸이 자신의 경향들을 성공적으로 이어갈 것이라는 생각에 안심할 수 있게 된다.

이 만남으로 루사노프는 예전의 확신을 다시 얻게 된다. 그는 새로 시작된 시대와 잘 지낼 수 있겠다고, 다시 말해 스탈린 시대의 본질적 방법들을 많은 경우 겉만 바꾼 채 그대로 보존하고 있는 그 모든 전환을 잘 받아들일 수 있겠다고 느낀다. 그 직후에 그를 방문한 아들과 함께 이미 그는 예전에 자신이 얼마나 노련했는지에 대해 이야기하며, 아들이 범한 "오류"—비인간적인 관료주의적 도식성에서 벗어나기—에 주목하게 만든다. 그리하여 그는 현재 병원에 있는 자기 자신의 존재도 더 쉽게 받아들이며, 또 불쾌한 일을 일체 안 당하려면 "보잘것없는 어린 간호사"도 외교적으로 조심해서 다루어야 한다는 것을 알게 된다. 나쁜 새 시대에 대해 때때로 치밀어 오르는 분노가 그의 이 같은 만족감—물론 육체적 상태의 호전(아마도 일시적인)과 결부되어 있는—에서 본질적인 것을 바꾸지는 못한다. 스탈린 탄생일에 찬사도 사진도 없는 아주 평범한 기사가 신문에 실렸을 때 처음에 그는 제정신이 아니게 된다. "그래, 그렇다면 아직 남아 있는 게 뭐지? 사람들은 뭘 의지해야 한단 말인가?"[44]라고 말하

---

43 같은 책, S. 409.

44 *Krebsstation Bd. 2*, S. 30.

면서 그는 분노를 터뜨린다. 그러나 본질적인 성질에서는 변하지 않은 현실에 능숙하게 적응할 수 있으리라는 가능성이, 그의 생각과 행동에서 더 강력한 모티프로 남아있다. 여기에서도 솔제니친은 관료주의적으로 굳어진 채 모든 것에 적응하는 보수주의의 일관된 심리를 정확하게, 참되게, 전형적으로 제시한다.

하지만 다른 한편에서는 이러한 사건들이 이전에는 침묵하고 있었던 분노를 촉발한다. 그리하여 코스토글로토프는, 능숙한 책략으로 참회의 진술을 함으로써 곤경에서 빠져나온 어떤 사기꾼이 화제가 되었을 때 다시 한 번 폭발한다(루사노프는 이 경우를 두고 체제의 휴머니티를 보여주는 표시라고 찬양한다). 상대적으로 부드럽게 비판하는 사람들은 그 경우를 부르주아적 의식의 잔재라고 본다. 하지만 코스토글로토프는 자제력을 잃는다. 부르주아 사회 이전에도 있었고 그 이후에도 있을 인간의 탐욕이 문제라는 것이다. 이 주장을 강력히 옹호함으로써 그는 프롤레타리아 출신을 모든 특권의 근원으로 삼는 것은 일종의 인종주의라고 낙인찍기에 이른다. 그의 사유의 진행은 자주 소피스트적이고 실제로 근거가 박약하다. 그러나 그것은 언제나 사회적 특권들에 대한 진정한 평민적 증오에서 발원한다. "10대 조상까지 프롤레타리아라고 해도 본인이 노동을 하지 않는다면 결코 프롤레타리아가 아니지! (…) 그런 작자는 기생분자이지 프롤레타리아가 아니야. 그런 작자는 개인연금이나 타려고 안달하는 놈이지. (…)"[45] 이때 코스토글로토프는 기대치 않았던 술루빈의

45 앞의 책, S. 158.

지원을 받게 되는데, 술루빈은 관리의 봉급이—1871년 코뮌의 모범에 따라—솜씨 좋은 노동자의 평균임금보다 높아서는 안 된다고 한 [레닌의] 4월 테제(1917년)를 상기시킨다.

그 후 얼마 안 가서 술루빈은 오랜 시간 동안 억눌렸던 자기비판적이자 사회비판적인 참회를 한다. 문책과 냉대를 별도로 하면, 그는 대위기의 시대에 체포당하지 않고 수감되지 않은 사람의 정상적이고 '자유로운' 삶을 살았다. 이제 그는 이러한 선처를 받기 위해 인간적으로 어떤 대가를 치러야 했는지를 이야기한다. "적어도 당신은 거짓말을 덜한 거야, 알겠나? 당신은 덜 비굴했다는 거지, 당신은 그 가치를 제대로 인정해야만 해! 당신은 체포되었고 사람들은 우리를 집회장으로 내몰았어, 당신을 **비판하기** 위해서 말이야! 그들은 당신과 같은 사람들에게 사형판결을 내렸지.—우리는 서서 그 판결 언도에 박수갈채를 보내도록 강요받았고. 단지 박수만 치는 것이 아니라 총살을 **요구하도록**, 요구하도록 말이야!"[46] 코스토글로토프는 이 도덕적 절망의 분출에 자연발생적으로 공감하게 된다. 그 당시에 한 사람이 어떤 제비를 뽑는가 하는 것은 요행에 달린 일이었다고 그는 말한다. 자기 자신이라 하더라도 술루빈과 마찬가지로 합창단의 그런 일원이 되었을 것이며, 또 술루빈이 유형지로 보내졌더라도 자기 자신과 마찬가지로 견뎌냈을 거라고 말한다. 그러고 나서 대화는 이 참회를 훨씬 넘어서 진행된다. 술루빈은 대화 상대자에게 때때로 나타나는 사회주의에 대한 매도를, 더더구

46 같은 책, S. 193f.

나 부르주아 사회에 대한 일체의 관대함을 열정적으로 거부한다. 사실 그는 사회주의의 민주화에 대해서 회의적이다. 그렇지만 그는 "도덕적 사회주의(ein sittlicher Sozialismus)"에 대한 신념을 공언하며, 그것을 구체화할 때 블라디미르 솔로비요프[47]와 크로포트킨[48]의 이름을 든다. 솔제니친 자신이—스탈린 체제에 대한 비판은 별도로 하고—그러한 경향들의 사회 · 인간적 가치에 대해 어떻게 생각하는지, 그가 그 경향들을 술루빈에게 특징적인 사고방식으로 보는지 아니면 하나의 실질적인 방도로 보는지는 그 대화의 형상화에서 드러나지 않는다.

4.

장편소설의 발전이라는 관점에서 보면 솔제니친의 두 작품은 우리가 그 시작 날짜를 『마의 산』으로 적었던 저 새로운 방법이 형상화와 관련하여 갖는 비상한 생산성을 보여준다. [그 두 작품에서] 사람들은 [반응을] 불러일으키는 사회적 계기에 대해 인물

---

47 옮긴이: 블라디미르 솔로비요프(Vladimir Solov'yov, 1853~1900)는 러시아의 철학자이자 신학자이며, 정치사상가, 시인, 문학 비평가이기도 하다. 19세기 세계지성사의 가장 위대한 인물 가운데 한 사람으로 꼽히는 그는, 말레비치를 비롯한 러시아 아방가르드의 사상적 원천이었을 뿐만 아니라 초기 루카치에게도 영향을 미쳤다.

48 옮긴이: 표트르 크로포트킨(Pjotr Kropotkin, 1842~1921)은 러시아의 지리학자이고 아나키스트 사상가이자 운동가이다.

들의 개별 반응이 어떻게 이루어지는지, 그리고 인물들의 개인적 삶이 특정한 사회적 경향의 지배에도 불구하고, 그 경향 속에서 그들 자신이 차지하고 있는 위치에도 불구하고, 어떻게 감각적 명백성의 최고치에 도달하는지, 어떻게 그 위치에서 가능한 정신적 · 도덕적인 자기의식의 최고치에 도달하는지를 직접적으로 보게 된다. 관료화된 비인간성의 형상화에서는 인물들이 실제로 도식화됨으로써 종종 문학적으로 약간 심하게 추상적으로 된 형상들이 생겨나기도 하지만, 이 점이 그런 예술적 성취를 깎아내리는 역할을 하지는 않는다. 이와 동시에 사람들은 다름 아니라 개별 반응들의 직접적 등장에서 보이는 외관상 개인적인 우연성의 결과로, 다름 아니라 그 반응들의 줄거리상 느슨한 연결(연결이 전혀 없을 때도 왕왕 있다)의 결과로, 그렇게 현시된 세계 전체가—다름 아니라 그 세계를 내재적으로 특징짓고 있는 모순들의 표현에서—다른 식으로는 거의 도달할 수 없었던 완벽함에 다다를 수 있다는 것을 보게 된다. 따라서 인류가 사회주의로 가는 도정의 한 이행기, 즉 바로 그 심각한 모순성의 측면에서, 또한 명백히 부정적인 특징들의 측면에서 역사적으로 지극히 중요한 그 이행기를 최대한 적합하게 형상화하기 위해 솔제니친이 이러한 서사적 형상화 방식을 선택했던 것은 확실히 우연이 아니다.

이때 중요한 것은 무엇보다도 그 이행기에 내재하는 모순들의 핵심적 구조가 드러나는 것인데—헤겔은 단순히 모순들의 통일성만 변증법적 방법의 중심으로 규정하지 않고 올바르게도 통일성과 모순의 통일성에 관해 말한다—그 최선의 길은 한 시기의 역동적이고 다면적인 내·외적 복합성을 자기 자신과 다른 사람들에게 의식되게 만드는 것이다. 통일성과 상이성(이것은 대개 대립성으로 고조된다)의 이러한 통일성을 통해서야 비로소 그러한 이행과정에서 진짜로 극복되어야만 하는 것의 정확한 모습이 분명하게 드러난다. 솔제니친의 형상화와 사고에서 현실에 대한 어떤 인상들과 어떤 경험들이 이 같은 현시의 명료성을 매개했는가 하는 것은 여기에서 부차적인 관심사다. 그도 그럴 것이 우리가 처음에 간략히 개괄했던 창작방법이 지닌 높은 생산성은, 그것의 궁극적인 정돈원리가 극히 상이한 소재들과 그것들의 왜곡을—내용과 형식 양 측면에서—예술적으로 극복할 수 있다는 바로 그 점에 있다. 필요한 것은, 작가가 소재에 '적용되는' 추상적인 형식화 원리에서 출발하지 않고 소재 자체의 역동적인 통일성에서 출발하는 일'뿐'이다. 따라서 솔제니친의 작품들이—세계문학적인 의미에서—사회주의 리얼리즘의 웅장한 효시들의 재생으로서 세상에 나타난다면, 이 재생 개념에는 객관적으로 연속성과 불연속성의 변증법적 통일성이 포함되어 있다. 그리고 어떤 구체적인 주체적 성분들이 솔제니친의 창작에서 이러한 재생을 자극하고 야기했는가 하는 것 역시 부차적인 문제이다. 자신이 하는 형상화의 예술적 목적을 위해 그는 어쨌든 올바른 표현형식을 찾았다.

그렇지만 이 장편소설들이 사회주의 리얼리즘의 지난날의 전성기가 거창하게 속행되는 것을 대표한다는 단순한 단언으로는, 그 작품들이 우리 당대에 대해 어떤 의미를 갖는가 하는 문제가 결코 적절하게 판단될 수 없다. 그 작품들이 정치적인 소설인지, 그렇다면 어느 만큼이나 그러한지 하는 질문을 그냥 지나칠 수 없다. 한데 실로 명료한 해답을 기대하면서 이 문제에 접근하려고 한다면, 엄청난 혼란이 바로 이 문제를 지배하고 있는 우리 당대의 사회 · 정신적 상황에서 출발해야만 한다. 스탈린 시기에 대변되었던 견해는 다음과 같다. 즉, 문학의 정치적 성격은 문학이 특정한 현행 정치적 문제에 확실하고 구체적이며 방향을 지시하는 대답을 제공할 책무가 있다는 점에서 분명히 나타나며, 문학의 가치 또는 무가치는 그 대답이 실생활에서 정치적으로 올바른 결정을 하게 하는 이정표가 될 수 있는지, 얼마만큼이나 그럴 수 있는지에 달려 있다. 이러한 올바름을 판가름하는 내용상의 기준은 당시에 어렵잖게 정해질 수 있었는데, 이를 다룰 권한이 있는 정치 당국의 최종 결정이 그것이었다. 이 결정이 해당 작품의 집필 중에 바뀐다면, 작품 자체에서 인물들 및 그들의 운명이 이제부터는 새로운 결정을 뒷받침하기에 적합하도록 변형되어야만 했다. 문학의 당파성이 형식적인 당부합성으로 재해석됨으로써 이런 식의 결과가 초래된다. 이 이론의 이론적 근거라고 참칭되는 문헌이 순문학과는 전혀 관계가 없다는 사실(1905년에 나온 레닌의 유명한 논문. 이에 대해서는 크룹스카야의 편지를 참조하라[49])도, 그렇게 생겨난 글들의 경

49 옮긴이: 여기서 말하는 레닌의 논문은 1905년에 발표된 「당 조직과 당문헌」을 말한다. 루카치에 따르면 레닌의 이 텍스트는 차르의 양보로 당 사업의 일부를 합법적으로 전개할 수 있게 된 1905년의 새로운 조건에서 당 출판물의 원칙을 정하기 위해서 작성된 것이지 문학과는 직접적인 관계가 없음에

악스러울 정도로 열등한 예술적 질(파데예프의 『청년 근위대』의 운명을 생각해보라)도 이론과 실천에서 이러한 지침들을 몰아낼 수 없었다.

모든 그런 경우에서는 마르크스 자체로 돌아가 그를 참조하는 것이 언제나 유익하다. 그는 『정치경제학 비판을 위하여』 「서문」에서 이데올로기 일반[50]에 관해 말하고 있다. 즉, 이데올로기적인 형태들(그 속에 예술도 포함된다)이란 매체, 즉 사회적 · 객관적으로 생겨난 갈등이 있을 때 "인간들이 그 안에서 이러한 갈등을 의식하게 되고 그것과 싸워내는" 그런 매체라는 것이다. 마르크스의 저작은 경시한 채, 한 시대의 그때그때의 이데올로기를 우선적으로 단일한 것으로, 그로부터 특수하고 개별적인 이데올로기적 입장들이 논리적으로 분화 · 파생되어 나오는 그

도 불구하고 스탈린 시기는 물론 그 이후에도 문화의 전 영역, 그중에서도 특히 문학에서 관철되는 "'당파성'의 성경"으로 활용되었다. 레닌의 미망인 크룹스카야(N. Krupskaia)가 레닌의 이 문건은 문학을 염두에 두고 쓰인 것이 아님을 밝히기도 했지만, 스탈린 시기에 이러한 사실은 은폐되었다. 이상과 관련해서는 졸저 『게오르크 루카치: 과거와 미래를 잇는 다리』(한울, 2000) 161~163면 참조.

50 옮긴이: 루카치는 마르크스가 "인간들이 그 안에서 이러한 갈등[사회적 존재의 기반들로부터 생겨나는 갈등-인용자]을 의식하게 되고 그것과 싸워내는 법률적, 정치적, 종교적, 예술적 또는 철학적인, 한마디로 이데올로기적인 형태들"(MEW, 13권 9면)이라고 했을 때의 그것을 이데올로기 일반(Ideologie im allgemein) 개념으로 본다. 그리고 여기에서 마르크스가 "법률적, 정치적, 종교적, 예술적 또는 철학적인"이라고 적음으로써 이데올로기 영역들을 열거하고 있다고 본다.

런 것으로 이해하는 것이 나쁜 습관이 되어버렸다. 이때 사람들은 마르크스가—우리는 이것이 결코 우연이 아니라고 생각하는데—가장 중요한 이데올로기 영역들을 열거하고 있다는 사실을 잊고 있다. 그것들이 어떤 문제영역을 의식하게 만들고 싸워내게 하기에 적합한지, 그럴 능력과 그럴 자격이 있는지에 따라, 바로 그 싸움과 관련된 성과들을 적절히 사상적으로 표현하는 그런 이데올로기 영역들을 열거하고 있다는 사실을 말이다. 상이한 영역들에서, 상이한 계급들에 의해서, 기타 등등의 방식으로 이루어지는 상이한 이데올로기적 결정들의, 실천 속에서, 실천을 통해 수행된 종합으로부터, 우리가 어떤 한 시기의 이데올로기라고 부를 수 있는 것이 (선험적으로가 아니라 사후적(事後的)으로) 정당하게 성립한다. 지금까지는 오직 레닌만이 적절한 해석을, 그것도 정치와 관련해서 제공했다. 그의 말에 따르면 이데올로기로서의 정치의 과제는 위기에 찬 이행과정에서 저 사슬고리, 즉 그것을 포착함으로써 인간(정치가, 정당, 계급 등등)이 전체 사슬을 움켜쥐고 지배할 수 있게 되는 그런 사슬고리를 인식하고 붙잡는 것이다.

하지만 사회적 실천과의 이러한 직접적 관계가, 전체 이데올로기들에서 마르크스가 말한 의미에서의 싸워냄이 실현되는 유일한 형태일 수 있을까? 지금 예술, 그중에서도 서사예술만 보자면, 가령 법전에서 한 조항이 삭제되거나 새 조항이 덧붙여지도록 하는 데 주목적이 있는 글들이 물론 끊임없이 대량으로 생산되고 있다. [하지만] 수천 년의 경험에 따라서 보자면 서사예술의 중심적인 이데올로기적 과제가 정말 이런 것인지 의심스러울 따름이다. 우리가 서사예술의 역사를 호메로스부터 마카렌코나 토마스 만까지 진지하게 개관한다면 틀림없이 전혀 다른 결론에 이르게 될 것이다. 그도 그럴 것이 여기에서는 그때그때의 사회적 상태, 경향 등등과의 연관관계 속에서 사회의 변화에 의해 규정받고 거기에 반작용하는 가운데 존재하는 인간이 움켜쥐어야 할 사슬고리로서 나타난다. 여기에서 제기되고 대답되는 중심문제는 다음과 같다. 그러한 사회적 요소들은 인간에게 어떻게 작용하는가? 인간은 인간의 인간화로서의 사회발전이라는 역사적 소명과 관련해서 그러한 사회적 요소들에 의해 강해지는가 방해받는가? 서사작가로서 솔제니친의 중요성은, 무엇보다도 그가 이러한 문제복합체에 미적 형상화를 통해 분명한 대답을 제공하고 있다는 데에 기인한다. 그의 장편소설들은 스탈린 시기의 그러한 방해 작용들을 보여주는, 풍부한 내용과 설득력을 갖춘 편람이다.

이것은 정치적인가? 직접적으로는 그렇다고 말하기 힘들지만, 적절한 방식으로 매개된 상태에서 보자면 상당히 정치적이라고 말할 수 있다. 어떤 '사슬고리', 즉 그것을 움켜쥐게 되면 그 체계를 강화하거나 해체할 수 있을 그런 '사슬고리'가 그 어디에서도 암시조차 되고 있지 않다는 것은 분명하다. 그렇지만 다른 한편, 우리가 볼 수 있었듯이 인물들 속에서 일어나는 변화의 형상은 심히 감동적이어서, 예술적 인상들에 민감하고 인간의 운명에 깊은 관심을 가진 사람이라면 누구나 다 그러한 독서를 통해 정치적 결정의 전(前)단계로 접어들 수 있다. 하지만 중요한 것은—이것이 예술적 영향의 본질이자 한계인데—잠재적 '가능성(Kann)'일 뿐이지, 의도에서조차도 무조건적 '필연성(Muß)'은 결코 아니다.

따라서 솔제니친 스스로는 정치적인 목표에 따라 글을 써왔다는 것을 부인하고 있는 반면, 그에게 적대적인 작가들이 그의 장편소설들을 스탈린의 딸이 쓴 편협하고 진부하며 직접적으로 정치적인 의도를 지닌 잡담[51]과 비교하고 있다면, 후자의 경우는 중상모략이라고 쉽게 기각될 수 있다. 하지만 [정치적인 작품을 쓰지 않았다는] 솔제니친의 말은, 그의 작품들이 궁극적으로는—물론 궁극적으로만—보마르셰[52]나 디드로, 괴테나 톨스토이의 작품들과 마찬가지로 분명히 정치적이라는 점에서 자기가 쓴 글의 의미를 불분명하게 표현하는 말이다. 여기서 이러한 관계의 복잡성을 제대로 파악하기 위해서는, [보마르셰의 희극인] 『피가로의 결혼』이 프랑스 혁명을 정치적으로 사실상 유발했던 힘들에는 속하지 않았던 것과 마찬가지로 괴테의 『젊은 베

51 옮긴이: 여기서 말하는 "스탈린의 딸"은 스베틀라나 알릴루예바(Swetlana Allilujewa, 1926~2011)이다. 스탈린의 두 번째 부인이자 마지막 부인인 나데쉬다 알릴루예바(Nadeschda Allilujewa)가 낳은 스탈린의 막내딸로서, 1967년에 미국으로 망명했다. 망명한 해인 1967년에 『한 친구에게 보낸 20통의 편지』(*20 Briefe an einen Freund*)를, 그리고 1969년에 『첫 번째 해』(*Das erste Jahr*)를 발표, 여러 나라말로 번역되었는데, 루카치가 "잡담"이라고 한 것은 이것들을 두고 하는 말인 듯하다.

52 옮긴이: 피에르 보마르셰(Pierre Beaumarchais, 1732~1799)는 프랑스의 극작가이다. 이론 면에서 디드로의 계승자인 그는 스페인 시민계급을 주제로 당시의 특권 계급을 풍자한 희곡 『세비야의 이발사』와 『피가로의 결혼』으로 유명하다.

르터의 고뇌』가 비정치적이지는 않다는 것을 분명히 염두에 두어야 한다. 진정한 리얼리즘 문학에 맞선 싸움이 [재판 없이 투옥할 수 있도록] "왕이 서명하고 봉인한 서한(Lettres de Cachét)"의 경우나 톨스토이의 파문[러시아 정교회로부터의 파문]의 경우에 무의미하고 아무런 효과도 없었던 것과 마찬가지로, 다른 극단에서 괴테를 모든 정치적 투쟁을 초연히 굽어보며 옥좌에 앉아 있는 초당파적인 올림포스의 신으로 경전화하는 것은 사실에 맞지 않는 것이었다. 솔제니친을 완강히 적대시하는 사람들은, 따라서 순전히 머리로 짜낸 정치적 기준과 결과들을 그에게 전가했다. 그런데 만약에 솔제니친이 실제로 이 시대 인간의 포괄적인 실제상태에 초점을 두고 있는 자기 글들이 우리 당대의 중요하고도 정치적인 결정들과는 전혀 무관하다고 정말로 생각하고 있다면, 그것은 솔제니친 자신의 착각일 것이다. 그러한 영향들은 물론—여러 다른 방식의 상이한 작품에서, 하지만 본질적으로는 언제나—다소간 폭넓게 매개되어 있다. 따라서 그 영향들이 스탈린으로부터 전승된 체제의 지속이냐 극복이냐를 둘러싼 투쟁 속에서 이루어지는 주체적 요소의 자기 구성에서 완전히 제외되기란 불가능한 일이다.

이러한 간접적 관계는 작품 자체와 관련해서—미학적인 측면에서 보더라도—결코 무의미한 것이 아니다. 직접적인 정치적 결론들을 추출하지 않거나 추출하려고 하지 않으면서 사회적 구조와 경향들에 대한 인간의 반응방식들을 그린 그러한 형상들은 서로 다른 수준의 깊이를 가지며, 여기에서 작용하는 힘들의 본질에 대한 통찰의 수준, 그리고 인간적 발전이나 소외에 미치는, 유리한 것을 활성화하고 불리한 것을 극복하거나 변형하는 인간적 수단들에 미치는 그 힘들의 영향의 본질에 대한 통찰의 수준도 서로 다르다. 여기에서도 우리는 자연히 언제나 정치적으로도 해석될 수 있는 추상적 내용과, 많은 경우 폭넓게 매개되어 있는 연관관계들에서 일차적으로 인간적 전형들과 관련이 있는 문학적 내실을 너무 성급하게 동일시해서는 안 된다. 여기에서 염두에 두고 있는 수준은 그때그때 작용하는 주·객관적 경향들에 대한 핍진하고 포괄적이며 올바른 재현을 바탕으로 하고 있으며, 그리하여 문학생산물의 궁극적인 진실을 직접적으로 규정한다.

가령 토마스 만이 『마의 산』에서 카스토르프로 하여금 모든 지적·도덕적 모험을 거친 후 그 주관적 해결책으로서 1차 세계대전에 그냥 자발적으로 참전하게 만든다면, 그것으로 그의 작품의 세계관적·사회적으로 확립된 문학적 진실이 적절히 돌려 표현되었다고는 아직 말할 수 없다. 눈보라 체험의 고독 속에서 카스토르프가 했던 숙고가 우리에게 다시 떠오르게 될 때야 비로소 우리는 그 작품의 문학적 진실에 한층 더 가까이 다가서게 된다. 그 장면에서 논쟁하는 두 인물[세템브리니와 나프타]과 그들의 세계관적·정치적인 겨룸이 카스트로프에게 생생하게 떠오르게 된다. 세템브리니에 대해서 그는 다음과 같이 생각한다. "당신은 허풍선이자 손풍금장이이긴 하지만 마음씨가 좋은 사람이야. 당신은 날카롭고 키 작은 그 예수회 회원이자 테러리스트, 안경알이 번뜩이는 그 스페인의 고문하고 볼기 치는 형리보다 마음씨가 더 좋은 사람이고, 내 마음에 더 들어. 둘이 언쟁을 벌일 때는 거의 항상 그[나프타]가 옳긴 하지만 말이야......"[53] 일반적인 것, 구체적으로 사회적인 것으로 옮기면 이 말은 무엇을 의미하는가? 리버럴한 시민 카스트로프가 자기 자신의 정치적 이데올로기의 그 정직한 대변자[세템브리니]에 대해 진정한 인간적 호감—물론 반어적인 유보가 없지는 않은—을 가질 수는 있지만, 이와 동시에 이러한 입장은 현대적 반동 측에서 가하는 소피스트적인 공격에 맞서 사상적으로 방어될 수 없다는 것을 강하게 느끼고 있음을 의미한다. 따라서 카스트로프는 자신의 옛 독일을 지키기 위해 전쟁터로 가긴 하지만 자기와 같은 부류의 인간들이 지닌 "권력에 의해 보호된 내면성"은 우익의 공세에 대해 무방비 상태라는 것을 인식한다. 이로써 토마스 만은 파시즘이 승리하기 이전 시기 최선의 독일 시민계층에 대한—문학적으로—가장 포괄적이고 가장 심오한 형상화 수준에 도달하고 있는 반면에, [작품에서] 개진되지 않은 수준, 즉 전쟁에 대한 입장의 수준에서는 물음이 파시즘을 향해 있다. 그렇게 형상화된 문학적 통찰은 정치적인가? 많은 경우 정말이지 폭넓게 매개되어 있는 상태라고 하는 우리의 의미에서만 그렇다고 대답할 수 있다. 왜냐하면 이러한 형상화의 문학적 수준과 그것의 간접적인 작용 사이에는 실재하긴 하지만 대부분 아주 폭넓게 매개된 사회적 관계들이 있기 때문이다.

이러한 정황은 톨스토이의 작품에서 한층 더 분명하게 나타난다. 이 경우가 우리에게 더 흥미로운데, 형상화해야 하는 인

53 *Der Zauberberg*, 6. Kap. ('Schnee')

물들, 인간적 운명, 인간관계 등의 평민적 사회관이 톨스토이와 솔제니친의 작품에서 공히 주도적 역할을 하며, 이를 통해 두 사람이 이데올로기상으로 밀접하게 연결되어 있기 때문이다(『암병동』에서 톨스토이의 책 『인간은 무엇으로 사는가?』의 현재적 가치에 대한 토론이 사소하지 않은 역할을 하는 것은 우연이 아니다). 두 작가의 작품에서 평민적인(본질적으로는 농민적 · 평민적인) 생활 원리들과 현대사회의 소외형태들 간의 뚜렷한 대비는 인간과 운명의 형상화에서 주된 문제 중 하나이다. 그리하여 [『전쟁과 평화』에서] 번번이 기인적 양상을 보이는 정직한 귀족 피에르 베즈호프와 농부 플라톤 카라타예프의 만남은, 주지하다시피 전자의 삶에 곧바로 결정적인 변화를 가져온다. 그 변화의 결과는 나폴레옹의 패배 이후 특히 다음과 같은 대목에서, 즉 페테르부르크에서 베즈호프가 데카브리스트[54] 운동을 준비하는 모임에서 지도적 역할을 하는 대목에서 분명하게 나타난다. 그가 집으로 돌아와 전말을 말한 후에 그의 생의 반려자인 나타샤는 그에게 다음과 같은 질문을 던진다. "내가 막 무슨 생각을 하고 있는지 아세요? 플라톤 카라타예프를 생각하고 있어요. 그라면 무슨 말을 할까요? 그가 당신 생각에 동의할까요?" 베즈호프는 곰곰이 생각한 뒤 더듬거리며 말한다. "플라톤 카라타예프라고?......

---

54 옮긴이: 1825년 12월 러시아 최초로 농노제 폐지와 입헌정치 실시를 주장하며 근대적 혁명을 꾀한 혁명가들. 러시아어로 12월을 '데카브리'라고 한 데서 유래한 명칭이다. 나폴레옹 전쟁 때 서유럽에 원정하여 자유주의 사상을 섭취한 일부 청년 장교들이 주축이 되었다.

그는 이해를 못할 거야. 게다가...... 그래도 어쩌면...... 아냐, 그는 내 생각에 동의하지 않을 거야." 따라서 여기에서 톨스토이는, 단순한 평민성의 내적인 '편협한 완성'으로는 소외된 사회의 개혁을 위해 인간 속에서 적극적으로 작용하는 비판적 입장을 형성하기에 충분치 않다는 것을 아주 분명하게 인식하고 있다. 도덕적으로 정당한 자생적 · 평민적인 비판이 인간적으로도 어떤 적극적이고 효과적인 내실을 획득할 수 있으려면, 그러한 비판의 사회적 구체화 과정에서 모종의 질적 도약이 필요한 것이다.

단순하고 순수한 평민주의(Plebejismus)에 대해 형상화를 통해 가하는 이러한 비판은 톨스토이의 경우에 한 번만 있었던 '리얼리즘의 승리'가 아니다. 수십 년 뒤 『부활』에서 그는, 카추샤 마슬로바에 대한 재판으로 그녀의 첫 번째 유혹자였던 네흘류도프 공작이 비인륜성에서 도덕으로, 개인적 선행으로 바뀌게 되는 것으로는, 플라톤 카라타예프(그리고 솔제니친의 수많은 평민적 주인공)의 세계관에 형식적 · 내용적으로 정말 가까이 있는 마슬로바를 진정 인간적으로 재생시킬 수 없다는 것을 보여주고 있다. 그녀가—네흘류도프가 개입한 직접적 결과로—시베리아로 가는 도정에서 추방된 사회주의자들과 동행하게 되었을 때에야 비로소 그녀의 인간적 · 도덕적인 재생도 실제로 이루어질 수 있다. 두 경우[『전쟁과 평화』와 『부활』]에서 평민적 이데올로기의 실제에 대한 비판은 관념적 방식으로 분명하게 진술되는 것이 아니라 '오직' 순수 문학적으로 형상화될 뿐이다. 그런데 문학의 입장에서 보면 이것은 부차적인 문제가 아니다. 실상은 반대다. 위대한 작가들이 그냥 중요한 작가, 매우 흥미로운 작가, 심히 정직한 작가 등등의 수준을 질적으로 넘어서게 되는—물론 경계가 매우 유동적인—여지가 바로 그러한 경우들에서 생긴다.

이 정도 높이의 의식성, 이와 같은 사회적 깊이에서 이루어지는 평민주의의 자기비판이 지금까지의 솔제니친의 작품들에는 결여되어 있다. 물론 몇몇 경우에는 그렇다라고 아주 명확하게 결정하기가 어렵다. 예컨대 저자의 입장이 눈에 띄지 않게 남아 있는 숱루빈의 사회이론들을 생각해보라. 하지만 위대한 문학에 부합하는 입장에서는, 문학적 형상화로서 실존하지 않는 것은 본질적으로 전혀 실존하지 않는다라고 말할 수밖에 없다. 따라서 숱루빈의 설명들은 그의 심리의 요소로 머물러 있지, 방금 톨스토이에서 본 것과 같은 문학적 · 비판적인 시대형상의 요소가 되지는 못한다. 그렇지만 솔제니친이 그의 긍정적 인물들의 행동방식에 대해 완전히 무비판적이라고 말해서는 안 된다. 이 점은 바로 이 장편소설[『암병동』]의 종결부에서 분명하게 드러난다. 코스토글로토프는 암병동에서 나가려는 자신의 소망을 전혀 지치지 않고 거듭 피력한다. 그는 친구인 카드민 부부의 모델에 따라 카드민 부부가 있는 그곳에서 마침내 인생을 충만하게 끝내는 목가적인 삶을 늘 꿈꾸고 있다. 젊은 의사 베라와 간호사 조야에 대한 그의 접근 시도는, 그러한 동경을 실현하기 위해 준비하는 행동의 계기이다. 이제 그는 퇴원하게 되며, 그 두 여인은 그에게 임시거처로 자신들의 집을 제공한다. 그는 들뜬 마음으로 병동을 떠나며, 자유와의 첫 만남들은 정말이지 그를 도취하게 만든다. 그런데 우연한 일로 그는 집에서 베라를 못 만나게 된다. 그녀가 외출했던 것이다. 그는 아무런 목적 없이 백화점에 들어갔다가 그곳을 지배하고 있는 혼란, 소비재에 대한 사람들의 요구들로 인해 도무지 갈피를 잡을 수 없게 된다. 동물원에서 원기를 회복하려는 그의 바람도 허사가 된다. [동물원에서] 그는 지금까지의 삶에서 고통을 함께한 동료들, 갇힌 채 말이 없는 동료들만 보게 된다. 두 여인 중 한 사람을 찾아가려는 시도를 다시 하지 않고 그는—내심 완전히 기가 꺽인 채—'집으로' 가기 위해 기차에 오른다.

이러한 연관관계는 솔제니친에 의해 순전히 객관적으로 그려진다. 하지만 바로 그렇기 때문에 그것은 코스토글로토프가 지닌 삶의 태도에서 필연적으로 생장하는 것으로서, 그가 자신의 삶을 파괴했던 힘과 직접적 · 논쟁적으로 대결하기를 중단하는 순간에 생기는 그의 무력감으로서 모습을 드러낸다. 스탈린 시기에 대한 평민적 반항이 가장 격렬하게, 뿐만 아니라 지적 · 도덕적으로 가장 훌륭하게 표현되어 있었던 그 인물의 이러한 내적 붕괴가 소설 전체의 종결로서 형상화되었기 때문에, 독자가 그것을 그러한 행동방식에 대한 일종의 문학적 비판으로 보지 않기는 어렵다. 그도 그럴 것이 그 비판은 한갓 이론적인 비판과는 달리 지적인 모순, 불일치 따위를 겨냥하지 않는다. 그 비판은 삶에 대한 특정한 태도가 어떻게 삶 자체 속에서 인간적 [자기] 입증 내지 인간적 좌절의 결정적 요소로 작용하면서 관철되는지, 그리고 그 태도가 그것을 직접적으로 수행하는지, 그렇지 않다면 어떠한 필연적 변화들에 매개되어 수행하는지를 보여주고자 한다. 바로 이 문학적 비판에 가장 특징적인 점은, 그것이 성공 또는 실패의 개인적 · 인간적인 뿌리를 밝히면서, 그 와중에—개인적 · 인간적인 범위 내에 머무른 채로—그 사회적 뿌리도 동시에 드러낸다는 점이다. 그러한 기초[사회적 뿌리] 없이는 가장 올곧고 정직하며 열정적인 주체적 태도라 하더라도 내적으로 취약하며 순전히 개인적인 자기보전도 할 수 없다는 것이 분명해진다.

우리는 근대 부르주아 사회가 허용하는 인간의 자기실현에 특유한 문제성이 여러 형태의 유머에서 가장 전형적인 문학적 표현형식을 찾았다는 것을 이미 지적한 바 있다. 폴리스 시민의 인간적 문제성은 그러한 문제영역을 아직 몰랐다. 그 당시에는 인간으로서의 존재와 국가시민으로서의 존재가 너무나도 밀접하게 결합되어 있었기 때문이다. 하지만 이 근대적 형상화 방식의 최초의 현상이자 동시에 가장 웅장한 현상인 돈키호테 또한, 우리가 보았다시피 결코 두 번 다시 도달된 적이 없는 고유성을 띠고 있다. 즉, 영혼 속에서 이루어지는 주인공의 인간적 자기실현이 객관적으로는 역사발전에 의해 추월됐지만 주관적으로는, 영혼적 · 도덕적으로는 확고한 작용력을 가지고 있는 데에서 연유하는, 객관적 희극성과 주관적 숭고성의 불가분한 통일성을 띠고 있는 것이다. 그렇지만 이 직접적으로 순전히 주관적인 원칙은, 그 속에 실재적이고—꼭 그때그때의 역사적 직접성의 입장에서만이 아니라 인류의 입장에서—계속 진보적인 모티프가 표현될 때에만 내적인 인정을 강제하는 효과적인 작용력이 될 수 있다. 그렇기 때문에 그 이후의 유머러스하게 처리

되는 인물들이 지닌 기인적 양상은 대항의 진정한 주관적 파토스와 대항의 객관적 실현가능성이 내적으로 착종된 데에서 생겨났다. 『암병동』의 결말 장면에서 코스토글로토프에게는 바로 이 인간적 자기방어의 주관적 파토스가 완전히 사라져버린다. 그는 외면이 아니라 내면에서 쓰러진다. 유형지에 있었을 때처럼 외부세계의 실제 권력이 그를 억누르고 있는 것이 아니라, 그의 내면성이 주관적인 대항적 내면성에서 내적으로도 침묵하는 내면성으로 변해버리는 것이다.

이로 인해 초래되는 첫 번째이자 가장 중요한 미학적 결과는, 인물들의 기인적 태도에 대한, 유머로 표현되는 문학적 비판(경우에 따라서는 문학적 자기비판)—이는 로런스 스턴에서 빌헬름 라베까지 다수의 중요한 비판적 사회형상화를 지배했는데—이 여기에서는 거의 완전히 사라진다는 것이다. [그리하여] 통상 주관속에 붙박여 있는 자기보전, 왕왕 나타나는 편협한 완성이 인간적으로 최종적인 것으로 받아들여져야 한다. 이로 말미암아 지극히 중요한 이행기와 관련해 다른 곳에서는 그렇게도 심오하고 적확하게, 인간적 포괄성을 띠고 이루어지는 솔제니친의 문학적 사회비판이 완화되고 제한된다. 그도 그럴 것이 솔제니친은 절박한 스탈린 시기의 이데올로기적 결과들에 대해서는 올바르게도 아주 다채롭게 그려내지만, 객관적으로 궁극적 심층에서는 단순히 개개인의 온전성이 손상되는 것을 이러한 총체성 내의 유일한 특성으로 그리는 데 멈춰서 있다. 막 거명한 리얼리스트들의 유머는 보완적인 사태를 드러내는 문학적 기능을 가졌었다. 즉, 정직한 비판자와 개혁가들에게 능동적일 수 있는 어떠한 가능성도 허용하지 않는 시기에는 그들 또한 일정한 사회적 · 개인적인 소외문제들에 빠져들 수밖에 없다는 것을 드러내는 기능을 가졌던 것이다. 유머는 인간의 양면성, 즉 그러한 태도에서 불가분하게 내적으로 짝을 이루면서 동시에 존재하는 정당성과 허약성을 형상화하기에 적격인 바로 그런 문학적 표현수단이다. 문학적으로 한껏 비판된 세계의 역사적 부당성이 유머를 통해 약화되란 법은 없다. 오히려 반대로 그 역사적 부당성은 직접적으로,[55] 물론 단지 직접적으로만 강화된다. 그도 그럴 것이, 그러한 [비판자와 개혁가들의] 허약함도 궁극적으로는 그러한 지배유형의 사회적인 결과로, 해악적인 결과로 드러나기 때문이다.

이러한 큰 역사적 맥락에서 보면, 대항적 흐름들의 특성에 대한 솔제니친의 묘사에는 이러한 종류의 유머가 부재할 수밖에 없다는 것이 솔제니친의 작품에서 이루어지는 형상화의 한 가지 특징이 된다. 이것이 그가 하는 비판의 진실성과 진정성을 무효화시키는 것은 결코 아니다. 이것은 다만 전망에 대한 그의 묘사를 약화시킬 뿐인데, 심지어는 왕왕 아무런 전망도 없는 것

55 옮긴이: 원문에는 '직접적' '즉각적' 등을 의미하는 "unmittelbar"(82면)로 적혀 있는데, 문맥으로 보건대 "간접적으로" "매개적으로"를 뜻하는 "vermittelbar"를 잘못 적은 게 아닌지 모르겠다. 이런 이유에서인지 영역본에서는 우리가 "직접적으로, 물론 단지 직접적으로만"으로 옮긴 부분을 아예 빼버렸다. *Solzhenitsyn: Georg Lukács,* translated from the german by William David Graf, Cambridge/Massachusetts: THE MIT PRESS 1971, 86면 참조.

처럼 보일 정도로까지 약화시킨다. 최상의 인물들의 자기구제, 자기보전이 추상적으로 순수한 주관성에 갇혀 있음으로써, 그리고 실행으로의 도약이 그들에게는 언젠가 가능할 삶의 방향, 문제적인 방향으로조차도 가시화되지 않음으로써 말이다. 그도 그럴 것이 평민성의 계기가 모든 진정한 사회개혁을 위해 불가결한 것이긴 하지만(레닌은 이 끊을 수 없는 연관관계에 대한 가장 위대한 예를 보여주고 있다), 그것이 지닌 진정한 개혁 기능들은 한갓 자의식적인, 단순히 평민적인 존재와 의식 너머를 가리킨다. 이와 관련해서도 레닌은 위대한 역사적 예이다. 그러나 삶의 문학적 현시가 혁명적 민주주의자들의 작품에서뿐 아니라 톨스토이의 작품에서도 이러한 방향으로 나아가기 시작했다는 것을 잊어서는 안 된다.

이러한 확인의 결과로 우리가 솔제니친을 스탈린 시기에 대한 공산주의적인 문학적 비판자가 아니라 단지 평민적인 문학적 비판자라고 인정한다면, 이러한 한정은 일차적이고 직접적인 의미에서 결코 정치적인 비판이 아니다. 그렇다고 해서 물론 앞에서 말했던 의미에서 간접적인 정치적 결론들이 배제되는 것은 아니다. 하지만 솔제니친이 이후의 작품들에서 이러한 형상화 수준 너머로 성장하지 못한다면, 그러한 한정은 그 작품들의 문학적 위상을 제한하게 될 것이다. 그도 그럴 것이, 우리의 이 고찰에서도 실제로 지금까지 계속 적용되었듯이, 헨리크 입센(Henrik Ibsen) 및 안톤 체호프(Anton Chekhov)와 함께 우리가 진정한 작가의 의무는 대답을 직접 제시하는 게 아니라 강렬한 질문하기로 집약된다는 입장을 견지한다면, 상이한 깊이와 파급 효과를 지닌 질문들이 도처에, 그리고 바로 최종심급에서 작가적 위상을 규정하는 가운데 존재할 것이다. 따라서 우리의 비판은 작품의 토대를 이루고 있는 솔제니친의 기본적인 질문방식을 향한 것이다. 사회주의 리얼리즘의 최초의 고양에 이르기까지 러시아 문학의 세계문학적 위대성의 기반 중 하나가 되었던 그 중요한 평민적 전통이 그의 작품들에서 유의미하고 품위 있는 후계자를 찾았으며, 그 작품들은 틀림없이 새로운 개화기의 첫 번째 가장 중요한 전조(前兆)로 여겨질 수 있다고 하는 그의 엄청난 역사적 공적이 결코 축소되어서는 안 된다.

그러한 비판이—긍정적 의미에서든 부정적 의미에서든—정말로 철저한 것이 되려면, 오늘날 존재하는 위기의 발단들에 대한 포괄적인 설명과 평가에 근거해야 할 것이다. 우리의 논술은 그런 것을 요구할 수 없다. 분명히 존재하지만 지금까지는 '지하(地下)에' 있는 문학을 이 고찰의 필자[루카치 자신]는 모를 뿐만 아니라(이는 이해할 만한 일이다) 공개된 문학도 너무 조금밖에 모르느니만큼, 이 점은 더욱더 확실하게, 자기비판적으로 강조되어야만 한다. 한데 공개된 문학에서도, 물론 예외적으로, 스탈린 시대에 대한 문학적 비판들이 나타날 뿐만 아니라, 그 비판들이 왕왕 솔제니친의 평민적 · 비판적인 인간형상화 수준을 넘어선다. 이러한 문제를 최소한 암시라도 하기 위해서, 그리고 내가 수행한 분석의 문제성을 지적하기 위해서, 여기에서는 그와 같은 종류의 작품을 언급이라도 해두자. 키르기스스탄의 작가인 칭기즈 아이트마토프[56]의 짧은 장편소설(원제목: 『안녕, 귤사리!』)이 그것인데, 이 작품에서는 근본적으로—물론 종파주의적 편견을 지닌, 열광적인, 일체의 희생을 받아들일 태세를 갖춘—사회주의적 개조의 협력자였고 그들 자신의 삶이 파괴되는 한가운데에서도 사회주의적 개조에 대한 내적인 인간적 결속을 비극적 몰락에 이르기까지 유지할 수 있었던 사람들에 대해서도 스탈린 체제의 관료주의적인 난폭한 조작이 어떻게 등을 돌렸는지가 분명하게 드러난다. 따라서 그들의 개인적 운명은—문학적으로—유머의 수준에 도달할 뿐만 아니라 그것을 넘어서 비극적 · 희비극적으로 된다. 우리가 전체적 발전 및 그것의 인간적 토대, 그것의 문학적 · 사회적 전망 등에 대해 눈을 감지 않으려 한다면, 그러한 사실들이 언급되지 않은 채로 있어서는 안 된다. 지금까지 알려진 솔제니친의 필생의 작품의 중요성은, 그가 고독한 예외가 아니라 그러한 흐름의 부분으로 고찰된다고 해서 줄어들지 않는다. (1969년)

56 옮긴이: 칭기즈 아이트마토프(Chinghiz Aitmatov, 1928~2008)는 키르기스스탄 출신의 작가로 키르기스어와 러시아어로 작품 활동을 했다. 그의 작품 중 『자밀라』와 『백년보다 긴 하루』 등이 우리말로 번역되어 있다.

부록

부록

'객체들의 총체성'과 '운동의 총체성'[1]

비극과 대(大)서사문학—서사시와 장편소설—은 모두 객관적인 **외부**세계를 현시한다. 여기에서 인간의 내면적 삶은 그의 감정과 사고가 행동과 행위 속에서, 객관적인 외부현실과의 가시적인 상호작용 속에서 드러나는 만큼만 현시된다. 이것이 서사문학 및 극문학을 서정문학과 결정적으로 가르는 구분선이다. 나아가 대서사문학과 극 양자는 객관적 현실에 대한 하나의 **총체적 형상**을 제공한다. 이를 통해 이들은 내용과 형식에서 여타의 서사장르들(이들 중에서 특히 노벨레가 근대의 발전과정에서 중요

1 옮긴이: 이 글은 루카치의 "*Der historische Roman*" 제2장 1절 앞부분 몇 쪽을 옮긴 것이다. 이 책은 『역사소설론』(게오르그 루카치 지음, 이영욱 옮김, 거름, 1987)이라는 제목으로 진작 번역되었는데, 내가 다시 옮긴 부분은 그 책의 108~114면이다. 번역의 저본은 다음과 같다. *Georg Lukács Werke Bd. 6, Probleme des Realismus III*, Neuwied und Berlin: Luchterhand 1965, S. 108~113.

하게 되었다)과 구별된다. 서사시와 장편소설은 바로 이 총체성 의향(Totalitätsgedanken)을 통해 서사문학의 다른 모든 아종(亞種)과 구별된다. 이러한 구별은 결코 규모에 따른 양적 구별이 아니라 예술적 양식, 예술적 형식부여에 따른 질적 구별이며, 형상화의 모든 개별 계기를 관통하는 구별이다.

그런데 이미 여기에서 극형식과 서사형식 사이에 존재하는 중요한 차이가 지적되어야 한다. 극에서는 하나의 '총체적' 장르만 있을 수 있다. 노벨레, 발라드, 동화 등등에 상응하는 극형식이란 존재하지 않는다. 산발적으로 등장해 19세기 말에 특수한 장르로 파악된 단막극은 대개 그 본질상 진정한 극적 요소들을 지니지 않는다. 극에서 느슨하게 구성되고 대화로 변형된 이야기가 생겨난 후에, 비교적 짧은 노벨레 소품들에도 그와 같이 대화로 된 장면의 형식을 부여하려는 생각이 생겨난 것은 당연한 일이었다. 하지만 결정적인 문제는 당연하게도 단순한 구성체재(Format)의 문제가 아니다. 장편소설과 노벨레 간의 차이가 규모의 차이가 아니듯이 말이다. 삶의 진정한 극적 형상화라는 관점에서 본다면, 알렉산드르 푸시킨(Aleksandr Pushkin)의 짧은 극적 장면들은 완전하고도 완벽한 극이다. 그도 그럴 것이 그 극적 장면들의 외연적 짧음은 내용 및 세계관의 최고도의 극적 집약에 따른 짧음이다. 그것들은 현대적인 대화체 에피소드 양식과는 아무런 관계도 없다.

여기에서 우리는 비극의 문제만 다룰 수밖에 없다(희극에서 문제는, 여기에서는 분석할 수 없는 이유들 때문에 약간 다르다). 아리스토텔레스는 서사시와 비극 사이의 이러한 친화성을 다음과 같이 강조한다. "따라서 비극을 좋게 또는 나쁘게 만드는 것이 무엇인지 잘 아는 사람은 서사시에 대해서도 잘 안다."

그러니까 말하자면 비극과 대서사문학 양자는 삶의 과정(Lebensprozeß)의 총체성을 형상화할 것을 요구한다. 양자에 있어서 이것이 예술적 구성의 결과, 즉 객관적 현실의 가장 본질적인 특징들을 예술적으로 반영하는 가운데 이루어지는 형식적 집약의 결과일 수밖에 없다는 점은 분명하다. 그도 그럴 것이 삶의 무한한 현실적, 내용적, 외연적 총체성을 사고로 재생산하는 것은 당연하게도 원칙적으로 단지 상대적으로만 이루어질 수 있다.

그러나 이러한 상대성은 현실의 예술적 반영에서는 독특한 모습을 띤다. 그도 그럴 것이 현실의 예술적 반영은—그것이 예술이기 위해서는—그 현상형태에 이러한 상대성의 낙인을 그 자체로 지니고 있어서는 결코 안 된다. 객관적 현실의 사실들이나 법칙들에 대한 순수 사유상(上)의 반영은 이러한 상대성을 공공연히 시인할 수 있으며, 심지어 그렇게 해야만 한다. 객관적 현실의 무한성에 대한 단지 상대적인, 다시 말해 불완전한 재생산과의 변증법적 관계의 계기를 빼버린 채 인식의 절대성을 과도하게 요구하는 것은 모두 다 어쩔 수 없이 형상의 왜곡으로, 그릇된 것으로 변질되고 말기 때문이다. 그러나 예술에서는 사정이 전혀 다르다. 당연한 일이지만, 문학적으로 형상화된 어떠한 인물도 삶 자체가 그러하듯이 무한하고 무진장하게 풍부한 특징과 표현들을 함유할 수는 없다. 그러나 예술적 형상화의 본질은, 이 상대적이고 불완전한 모상(模像)이 삶 자체처럼,

아니 객관적 현실의 삶이 그런 것보다 더 고양되고 더 강렬하며 더 생생한 삶처럼 작용해야 한다는 바로 그 점에 있다.

객관적 현실의 무한한 풍부함의 반영에서 발생하는 예술의 이 일반적 역설성은 다음과 같은 장르들, 즉 그 내용과 형식부여의 내적 필연성으로 인해 삶의 총체성의 생생한 형상적 모상이기를 요구하면서 등장할 수밖에 없는 장르들에서 특히 첨예화된 형태로 나타난다. 여기에서 말하는 필연성은 바로 비극 및 대서사문학과 관련된 것이다. 이 양자는 수용자 속에서 그러한 체험을 불러일으키는데, 이로 인해 그것들은 인류의 전체 문화생활에서 깊은 영향력과 중심적이고 획기적인 의미를 지닌다. 이러한 체험을 불러일으킬 수 없다면 그것들은 완전히 실패한 것이다. 개별적인 생활표현의 자연주의적인 진실성도, 구성이나 개별적인 효과의 형식주의적인 '탁월함'도 삶의 총체성에 대한 체험의 결여를 대체할 수 없다.

여기에서 직접적으로 관계되는 것은 형식문제임이 분명하다. 하지만 삶의 상대적인 모상을 예술적으로 정당하게 절대화하는 데에는 당연히 내용적 근거가 있다. 그러한 절대화는 개별자 및 사회의 운명 속에서 삶의 본질적이고 가장 중요한 합법칙적 연관관계들을 실제로 파악한 바탕 위에서만 성립할 수 있다. 그런데 마찬가지로 분명한 것은, 이를 위해서는 본질적인 연관관계들에 대한 단순한 인식만으로는 결코 충분할 수 없다는 점이다. 삶의 이 본질적 특징들, 삶의 가장 중요한 이 합법칙성들은 예술에 의해 창조된 새로운 직접성 속에서 구체적인 인간과 구체적인 상황의 일회적인 개인적 특징 및 연관관계로서 현상해야

한다. 그런데 새로운 예술적 직접성을 이와 같이 야기하는 것, 인간과 그의 운명에서 일반적인 것을 이와 같이 다시 개인화[개체화]하는 것이 바로 예술 형식의 사명이다.

대서사문학과 비극에서 형식의 특수한 문제는 바로 이와 같이 삶의 총체성을 직접적이게 만드는 데에 있다. 즉, 매우 한정된 수의—외연적으로 가장 방대한 서사문학에서도 그런데—인간과 인간 운명이 삶의 총체성의 체험을 불러일으켜야만 하는 그런 가상의 세계를 깨우는 데 있다.

이처럼 중대한 의미를 띠는 형식문제들에 대한 감각은 1848년 이후의 미학에서는 완전히 사라져버렸다. 그 미학이 형식들 사이의 차이 일체를 허무주의적 · 상대주의적으로 부정해버리지 않은 경우에도, 그것은 개별 형식들의 피상적인 표지(標識)에 따른 외적이고 형식주의적인 분류 이상으로 나아가지 못했다. 이와 달리 실제로 본질적인 측면을 논하면서 이러한 문제들을 다룬 것은 무엇보다도 고전적인 독일 미학이다(물론 수많은 개별적 문제들을 깊이 있게 제기하면서 선구적으로 이 미학에 선행한 것은 계몽주의 미학이다). 헤겔의 미학에서 우리는 대서사문학의 총체성 형상화와 극의 총체성 형상화 간의 차이에 대한 가장 원칙적이고 깊이 있는 규정을 발견한다. 헤겔은 "특수한 행위와 그 실체적 지반의 연관관계를 위해" 형상화되는 "**객체들의 총체성**" 요구를 대서사문학의 세계 형상화와 관련된 첫 번째 요구사항으로 설정한다. 예리하고도 정확하게 헤겔은 여기에서 문제는 결코 객체세계의 독자성이 아니라는 점을 강조한다. 만일 객체세계가 서사작가에 의해 독자적인 것으로 형상화되면, 그것은 모든 시적 내실을 상실한다. 시(Poesie)에서 사물들은 단지 인간 활동의 대상으로서만, 인간 및 인간 운명들의 상호관계의 매개물로서만 중요하며 흥미롭고 매력을 띤다. 그렇다고 해서 대서사문학에서 사물들이 한갓 장식적 배경이거나, 그 자체로는 어떠한 현실적 흥미도 야기할 수 없는, 줄거리 진행의 단순한 기술적 도구인 것은 결코 아니다. 사회 · 역사적 환경을 이루는 대상들과의 생생한 상호작용 없이 인간의 내면생활만 현시하는 서사문학은 예술적 윤곽 및 실체가 없는 것으로 해체된다.

헤겔의 규정이 지닌 진리와 깊이는 바로 상호작용을 강조한 데에 있다. 즉, 서사작가에 의해 현시된 '객체들의 총체성'은 인간사회의 한 역사적 발전단계의 총체성이라는 점, 그리고 인간사회를 둘러싸고 있는 기반과 인간사회의 활동의 객체를 이루고 있는 환경 대상들이 현시되지 않으면 인간사회의 전체성은 현시될 수 없다는 점에 헤겔의 규정이 지닌 진리와 깊이가 있는 것이다. 그렇기 때문에 대상들은 바로 인간 활동에 대한 의존 속에서, 인간 활동과의 부단한 연관 속에서 중요하고 유의미하게 될 뿐 아니라, 바로 이를 통해서 현시의 객체로서의 예술적 독자성도 얻는다. 대서사문학은 '객체들의 총체성'을 형상화해야 한다는 요구는, 근본적으로 보자면 인간사회를, 그것이 나날의 삶의 과정에서 생산되고 재생산되는 모습 그대로 예술적으로 모사할 것을 요구하는 것이다.

우리가 이미 알고 있듯이 극도 삶의 과정의 총체적 형상화를 지향한다. 그런데 이 총체성은 확고한 중심, 곧 극적 갈등에 집중되어 있다. 이 총체성은, 서로 투쟁하면서 이러한 중심적 갈등에 관여하고 있는—이렇게 말해도 된다면—인간적 지향들의 체계에 대한 예술적 모상이다. 헤겔이 말하기를 "그렇기 때문에 극의 사건진행은 본질적으로 하나의 갈등적 행위에 의거하며, 진정한 통일성은 오직 **총체적인 운동**(강조는 루카치) 속에서만 근거를 가질 수 있다. 그리하여 특수한 상황들과 성격들과 목적들의 규정성에 따라서 갈등은 그 목적들과 성격들에 부합되게 드러나며, 그것들의 모순으로서 지양된다. 그렇다면 이와 같은 해결은 사건진행 자체와 마찬가지로 주체적이자 동시에 객체적일 수밖에 없다."

이로써 헤겔은 극의 '운동의 총체성'을 대서사문학의 '객체들의 총체성'과 대립시킨다. 서사형식과 극형식의 관점에서 보자면 이것은 무엇을 의미하는가? 이러한 대립을 위대한 역사적 사례에 기대어 설명해보도록 하자. 『리어왕』에서 셰익스피어는 인간 공동체로서의 가족의 해체라는 비극을 세계문학사상 그 유례가 없을 정도로 위대하고 감동적으로 형상화한다. 그 누구도 이 형상화의 철저한 총체성의 인상에서 벗어날 수 없을 것이다. 그런데 이러한 총체성의 인상은 어떠한 수단으로 얻어진 것일까? 셰익스피어는 봉건적 가족이 문제적으로 되고 해체되는 데에서 극단적으로 첨예화된 방식으로 발생하는 중대하고 전형적인 인간적 · 도덕적인 운동과 방향들을 리어와 그 딸들의 관계, 글로스터와 그 아들들의 관계 속에서 형상화한다. 그 운동과 방향들은 그와 같이 극단적인, 하지만 바로 그 극단성 속에서 전형적인 운동들로서 완전히 완결된 하나의 체계를 이루는 바, 이 체계는 그 역동적 변증법 속에서 이러한 갈등에 대해 있을 수 있는 모든 인간적 입장표명을 모조리 다 끌어낸다. 심리적 · 도덕적인 동어반복에 빠지지 않은 채 이 체계에 또 하나의 새로운 부분, 새로운 운동방향을 덧붙이기란 불가능할 정도로 말이다. 서로 투쟁하면서 갈등을 중심으로 배치된 인물들의 심리학, 그리고 이들로 하여금 상호 보충하면서 이러한 삶의 갈등의 모든 가능성을 반영하게 하는 이 철저한 총체성, 이 양자에서의 풍부함을 통해 이 극에서는 '운동의 총체성'이 생겨난다.

그렇지만 이러한 형상화에 포함되지 않은 것은 무엇일까? 부모 자식 관계의 생활주변 전체가 빠져 있으며, 가족의 물질적 기반, 가족의 성장과 몰락 등등이 빠져 있다. 이는 서사적 방식으로 가족의 문제성을 형상화하는 위대한 가족화(家族畵), 가령 토마스 만의 『부덴브로크가(家)의 사람들』이라든지 막심 고리키(Maksim Gor'kii)의 『아르타모노프가의 사업』과 이 극을 비교만 해봐도 알 수 있는 일이다. 이 두 장편소설에서는 가족의 실제 생활상황이 정말이지 폭넓고 풍부하게 그려져 있다면, 『리어왕』에서는 인류의 순수하게 인간적 · 도덕적이고 의지적인 속성들, 갈등적 행위로 전환될 수 있는 그런 속성들로의 일반화가 이루어져 있지 않은가! 셰익스피어가 리어와 글로스터만을 통해서 가족 중 구세대를 구체화하고 있다는 바로 그 점에서 정말이지 우리는 그가 행하는 극적 일반화의 비범한 솜씨에 경탄하지 않을 수 없다. 만일 그가—이는 서사작가라면 무조건 그렇게 했어야 할 일인데—리어나 글로스터 중 어느 한 사람 혹은 둘 모두에게 아내를 붙여주었더라면, 갈등으로의 집중이 약화될 수밖에 없었거나(자식들과의 갈등이 부모와의 갈등[2]을 초래했을 경우), 아니면 아내에 대한 현시가 극적으로 하나의 동어반복이 되었을 것이고 아내는 남편의 약화된 메아리로서만 작용할 수 있었을 것이다. 관객들에게 이 비극이 필연적으로 하나의 감동적 형상으로 작용하고 가령 아내들의 부재에 대한 어떠한 의문도 등장하지 않는다는 것은, 극적 일반화의 희박한 공기의 특징을 보여준다. 이에 반해 예컨대 그와 같은 두 병렬적 운명으로 『리어왕』에 상응하게 만들어진 서사적 형상화에서라면 그러한 상황[아내들의 부재]은 무조건 머리에서 짜낸 것으로 작용할 수밖에 없을 것이다. 그리고 만약 그러한 상황의 근거가 대체로 설득력 있게 제시될 수 있다면, 특별히 근거를 제시할 필요가 있을 것이다. 물론 이러한 분석은 가장 내밀한 세부 형상화로까지 내려가 계속될 수 있을 것이다. 여기에서 우리에게 중요한 것은 다만 일반적인 수준에서 대비되는 점을 분명하게 하는 것이다.

극은 삶의 반영을 하나의 중대한 갈등의 형상화로 집중한다. 즉 극은 모든 삶의 표현들을 이 갈등을 중심으로 배치하며 그것들이 오로지 그 갈등과의 관계 속에서만 형태를 얻도록 만든다. 그럼으로써 극은 인간들이 자신들의 삶의 문제에 대해 할 수 있는 입장표명을 단순화하고 일반화한다. 형상화는 인간들의 가

2 옮긴이: "부모와의 갈등"은 "einen Konflikt mit den Eltern"을 옮긴 것이다. 하지만 문맥을 보면 조금 이상하다. "부모와의 갈등"이 아니라 '부모 사이의 갈등' 즉 '아버지와 어머니 사이의 갈등'을 잘못 적은 것이 아닐까 싶다.

장 중요하고 가장 특징적인 입장표명의 전형적 재현으로, 즉 갈등을 역동적이고 사건진행에 적합하게 형성 · 발전시키는 데에 필요 불가결한 것으로, 따라서 갈등이 생겨나는 원천이자 그 갈등이 작동시키는, 인간들의 저 사회적 · 도덕적 · 심리적 **운동들**로 축소된다. 이러한 연관관계의 변증법적 필연성, 갈등의 생생한 동역학의 변증법적 필연성을 넘어서는 모든 인물, 인물의 모든 특성은 극의 관점에서 보면 불필요한 것으로 작용할 수밖에 없다. 그렇기 때문에 헤겔은 올바르게도 그렇게 결정적으로 중요한 구성을 '운동의 총체성'이라는 말로 특징짓는다.

옮긴이의 말

루카치의 마지막 실제 비평『솔제니친』

이 책은 1970년 11월 옛 서독의 루흐터한트(Luchterhand) 출판사에서 단행본으로 발간된『솔제니친』(*Solschenizyn*)을 우리말로 옮긴 것이다. 이미 다른 책에서 소개했다시피 1960년대 초부터 생의 마지막 순간까지 루카치는 거의 전적으로 존재론 작업에만 매달렸다.[1] 그 와중에 쓴 문학 관련 글은 이 책에 실린 두 편의 솔제니친 평문을 제외하면 짧은 에세이 몇 편과 독일어판 전집 가운데 1960년대에 발간된 몇 권의 책머리에 붙인 서문에 불과하다. 그런 점에서 여기에 옮긴 두 편의 글은 그의 이력에서 매우 이례적인 경우에 속한다. 베르톨트 브레히트(Bertolt Brecht)의 후기 극들이 지닌 "위대한 의미"를 제대로 밝히지 못한

1 게오르크 루카치의 생애 마지막 10년에 관해서는 졸저(拙著),『루카치의 길: 문제적 개인에서 공산주의자로』, 산지니, 2018, 175~190면 참조.

것을 짐으로 느꼈으며,[2] 60년대에 들어와 평가를 달리하게 된 프란츠 카프카(Franz Kafka)에 관해서도 새 글을 쓰지 못한 루카치였지만,[3] 솔제니친에 한해서만큼은 두 번에 걸쳐서, 그것도 장

---

2 이와 관련해서는 게오르크 루카치, 『삶으로서의 사유: 루카치의 자전적 기록들』, 김경식 · 오길영 편역, 산지니, 2019, 192면 이하 참조.

3 1958년에 옛 서독에서 단행본으로 출판된 『오해된 리얼리즘에 반대하여』(*Wider den mißverstandenen Realismus*)에서 루카치는 카프카의 문학적 성취에 대한 호감을 숨기지 않으면서도 그를 반(反)리얼리즘 경향의 전위주의를 대표하는 작가로 평가했다. 하지만 이러한 평가는 점차 달라지는데, 1965년에 발간된 독일어판 『게오르크 루카치 저작집』(*Georg Lukács Werke*) 제6권 「서문」이나 우리가 번역한 『솔제니친』에서도 이를 확인할 수 있다. 이와 관련하여 루카치의 가장 분명한 언명은 1968년 2월 브라질의 비평가인 카를로스 넬손 코티누(Carlos Nelson Coutinho)에게 보낸 편지에서 볼 수 있다. 해당 대목을 소개하면 다음과 같다. "당신이 프루스트와 카프카를 중심인물로 본 것은 완전히 옳습니다. 두 사람, 특히 카프카를, 그들 뒤를 잇는 문학과 통상 그렇게 하는 것보다 더 확실하게 구별했더라면 좋았을 것입니다(이 점에서 내 연구도 만족스러울 만큼 나아가지 못했습니다). 당신이 카프카의 작품에서 어떤 노벨레적인 요소들을 강하게 부각시킨다면, 이는 전적으로 옳습니다. 『변신』과 같은 몇몇 노벨레는 새로운 문학에서 아주 큰 의미를 가지며, 이후의 문학과 아주 뚜렷하게 대조를 이룹니다. (…) 유감스럽게도 나는 매우 불리한 상황에서 내 작은 책(『비판적 리얼리즘의 현재적 의미』)을 너무 급하게 끝냈는데, 그래서 거기에서는 특정한 관점들이 충분히 강력하게 표현되지 못했습니다." 참고로 덧붙이자면, 『비판적 리얼리즘의 현재적 의미』(*Die Gegenwartsbedeutung des kritischen Realismus*)는 『오해된 리얼리즘에 반대하여』가 『게오르크 루카치 저작집』 제4권에 수록되었을 때의 제목이다. 이 책은 소련 공산당 20차 당 대회

문의 에세이를 썼다. 이런 정황은 루카치가 솔제니친의 등장을 얼마나 대단한 '사건'으로 여겼는지를 짐작게 한다.

이 책에 실린 첫 번째 에세이 「솔제니친—『이반 데니소비치의 하루』」("Solschenizyn: *Ein Tag im Leben des Iwan Denissowitsch*")는 1964년에 처음 발표된 글이다. 이 글에서 루카치는, 당시 소련 공산당 서기장이었던 니키타 흐루쇼프(Nikita Khrushchyov)의 재가까지 받는 절차를 거친 끝에 간신히 세상에 나올 수 있었던 『이반 데니소비치의 하루』를 중심으로 솔제니친의 노벨레들을 고찰하고 있다. 루카치가 다루고 있는 노벨레들, 즉 『이반 데니소비치의 하루』는 1962년 소련의 문예지 『노브이 미르』 11월호에 처음 발표되었으며, 『마트료나의 집』, 『크레체토프카 역에서 생긴 일』은 1963년 1월, 『과업을 위하여』는 그해 7월에 발표되었다. 소련에서 러시아어로 발표된 이 작품들은 곧바로 헝가리어와 독일어로 번역되었는데, 루카치는 이 번역본들을 바탕으로 1963~64년에 「솔제니친—『이반 데니소비치의 하루』」를 집필했다.

루카치가 1969년에 집필한 두 번째 에세이 「솔제니친의 장편소설들」("Solschenizyns Romane")은 솔제니친의 두 편의 장편소설, 즉 『제일권(第一圈)』(독일어 번역본 제목은 『지옥의 제일권』)과 『암병동』을 다루고 있다. 루카치가 이 글을 쓸 무렵 솔제니친의 작품들은 더 이상 소련에서 발표될 수 없었다. 이 두 작품 역시

가 열리기 몇 달 전인 1955년 가을부터 헝가리 민중봉기가 본격화되기 직전인 1956년 9월 사이에 집필되었다.

소련에서 출판은 불가능했는데, 루카치는 1968~69년에 옛 서독에서 출판된 독일어 번역본들(그중 『제일권』은 축약된 번역본이었다)에 근거하여 「솔제니친의 장편소설들」을 집필한다. 1970년 노벨문학상 수상자로 선정된 솔제니친은 결국 1974년 소련에서 추방되었고, 그 사이 서방세계에서 『붉은 수레바퀴』와 『수용소 군도』가 출판되기 시작했다. 아울러 솔제니친의 정치적 발언도 점점 더 본격화되는데, 하지만 루카치는 『암병동』 이후에 나온 솔제니친의 작품들과 정치적 논설들은 접하지 못한 상태에서 세상을 하직했다. 1971년 6월 4일 타계한 루카치가 읽은 솔제니친은 그러니까 『이반 데니소비치의 하루』에서부터 『암병동』까지의 솔제니친이었다고 할 수 있다.

이런 사실을 굳이 밝히는 이유는, 솔제니친의 이후 행적과 그의 정치 · 이데올로기적 영향(그의 의도와는 무관한, 아니 그의 의도에 반하는 영향까지 포함하여)을 생각하면 이 책에서 루카치가 제시하는 해석과 평가를 쉽게 받아들이기 어려울 수 있기 때문이다. 서방세계에서 솔제니친은 반(反)스탈린주의자를 넘어서 반(反)사회주의자로 받아들여졌고, 심지어 '반공의 투사'로까지 이용되었다. 실제로 프랑스의 이른바 "신철학자들"만 하더라도 『수용소 군도』가 그들이 반(反)마르크스주의로 전향하는 데 큰 영향을 미쳤다고 공언한 바 있다. 게다가 1970~80년대 반공파시즘 체제하에서 중등 교육을 받은 필자와 같은 사람에게 솔제니친은 무엇보다도 '자유를 찾아 서방세계의 품에 안긴 반공의 투사'로 각인되어 있으니, 톨스토이와 도스토옙스키를 위시한 러시아의 위대한 문학 전통을 계승하고 있을 뿐만 아니라 초기 사회주의 리얼리즘(따라서 1930년대 중반 이후 소련에서 지배적으로 된 스탈린식 사회주의 리얼리즘과는 다른)의 재생을 알리는 문학적 성취로 솔제니친의 작품들을 읽는 루카치의 평설은 언뜻 보면 수긍하기 힘들 수 있다. 어디 이뿐인가. 솔제니친의 작품들을 통해 사회주의의 새로운 "시작"의 가능성을 타진하는 루카치의 기대 섞인 독법(讀法)은, 소련 및 동구 사회주의 블록의 붕괴라는 역사적 사실에 의해 완전히 부정된 것으로 보인다.

하지만 사태를 그 끝이 아니라 과정 속에 있는 사람의 입장에서 보면 어떨까. 1960년대의 세계를 공히 조작(Manipulation)에 지배받는 양대 체제가 위기에 봉착한 시공간으로 읽고, 먼저 사회주의 국가들이 "사회주의적 민주주의"를 부활시켜 "진정한 사회주의"의 길로 나설 때에야 비로소 인류가 그 위기에서 벗어날 출로가 열릴 수 있다고 확신한 사람이라면, 그리하여 사회주의 · 공산주의 이데올로기가 한때 지녔던 진정한 힘과 파토스를 회복할 수 있도록 마르크스주의를 이론적 · 실천적으로 갱신하는 일이야말로 조작과 소외에서 인류가 해방될 수 있는 첫걸음이라고 믿고 그 일에 직접 뛰어든 사람이라면, 솔제니친의 등장을 어떻게 맞이해야 했을까. 루카치에게 이 모든 과업은 무엇보다도 먼저 스탈린주의와의 철저한 단절에서부터 시작되어야 하는 일이었다. 그리하여 절박한 심정으로 마르크스주의의 탈(脫)스탈린주의적 갱신 작업에 매진하던 루카치에게 솔제니친은 스탈린주의와의 근본적 단절이라는 일차적 · 선결적 과제를 문학적으로 탁월하게 성취한 작가로 다가왔을 터이며, 앞으로 나갈 길을 함께 만들 수 있는 동반자로 보였을 것이다. 그 이후 솔제니친의 행보나 "현실 사회주의"의 운명이 루카치의 그러한 인식과 기대가 헛된 것이었음을 입증한 듯이 보인다고 해서 루카치의 진단과 추구가 완전히 그릇된 것이었다고 단정할 수 있을까. 루카치 사후(死後)에 인류가 나아간 길이 인간의 자유, 인간과 자연의 공생을 확장하는 해방의 길, 생명의 길이 아니라 그 반대의 길이었다면, 루카치가 모색한 '자유 · 공생주의'로서의 공산주의 전망은 아직 끝나지 않은 과정 속에서 진정한 실현을 기다리고 있다고 볼 수도 있지 않을까. 이미 솔제니친에 대한 평가에서도 이러한 입장, 이러한 전망의 실효성을 확인할 수 있는데, 루카치는 솔제니친의 문학적 성취를 충분히 높게 평가하면서도 책 말미에서 "평민주의" 경향과 이를 문학적으로 넘어서게 하는 "리얼리즘의 승리"의 부재를 이데올로기적 · 미학적인 한계로 지적하고 있다. 그의 그러한 지적은 반공산주의자이되 동시에 물질주의적 · 개인주의적인 자본주의에도 등을 돌리고 러시아 정교회에 친화적인 일종의 러시아 정신주의자의 길로 나아간 솔제니친의 이후 행보—루카치 자신은 목도할 수 없었던—에 대한 우려 섞인 예측이자 사태에 선행한 만류로 읽힌다.

루카치의 솔제니친 읽기에서 우리는 이러한 내용적 · 이데올로기적인 비평뿐만 아니라 이와 떼려야 뗄 수 없게 결부된 마르크스주의적 "장르 비평"을 만나게 된다. "마르크스주의 장르 개념이 갖는 전략적 가치"가 "개별 텍스트에 대한 내재적이고 형식적인 분석을 형식의 역사 및 사회적 삶의 전개 양자에 관한 통시적 전망과 통합시켜주는 그 매개 기능에 있다"[4]면, 이를 가장 잘 보여주는 텍스트가 바로 『솔제니친』이다. 미국의 저명한 마르크스주의 이론가 프레드릭 제임슨(Fredric Jameson)도 그렇게 평가하는데, 1981년에 발표한 『정치적 무의식』에서 그는 『솔제니친』에 대해 다음과 같이 적고 있다. "루카치는 책상에 앉아 한 편의 장르 비평을 써 내는데, 나는 바로 그때가 최근의 마르크스주의적 사유의 역사에서 '고도의 진지성'이 발휘된 순간들 중 하나라고 생각한다."[5]

우리는 『솔제니친』에서 1930년대 초부터 1950년대 중반까지 루카치가 제시한 마르크스주의적 문학론 · 소설론과의 연속성과 불연속성을 확인할 수도 있다. 먼저 연속성에 해당하는 몇 가지 측면을 보자면, '공산주의적 휴머니즘'이 그의 문학론 · 소설론의 내재적 동력이자 척도로서 일관되게 작동하고 있는 것을 볼 수 있다. 스탈린 시대의 강제노동수용소나 감옥 같은 극단적 상황에서도 인간의 존엄성(Würde)과 온전성(Integrität)을 지키고 인간으로서 자기를 입증하려 고투하는 개인들이 완전히 사라지는 법은 없다는 것을 솔제니친의 작품에서 드러내어 밝히는 루카치의 글쓰기는, 1934년 말에 집필

4 프레드릭 제임슨, 『정치적 무의식: 사회적으로 상징적인 행위로서의 서사』, 이경덕 · 서강목 옮김, 민음사, 2015, 132면.

5 같은 곳. 제임슨은 루카치가 솔제니친을 '밀폐된 실험실 상황'이라고 칭할 만한 새로 발명된 '장르'의 맥락에서 읽었을 때, 장르 비평은 그 자유를 회복하고, 실험적 실체들의 창조적 구축을 위한 새로운 공간을 열어 놓게 되었다고 한다. 같은 책, 185~6면 참조.

한 「소설」("Roman")에서 인간의 "개체적 총체성", "인간의 자립성 및 자기활동성"에 대한 욕구를 어떠한 상황에서도 근절될 수 없는 '인간의 근원적 욕구'로 설정하고 예술적 창조의 근본적 동력으로 파악하던 입장과 연속선상에 있다. 전형성을 축으로 놓고 리얼리즘과 자연주의의 대립을 미학적 원리의 근본적 대립으로 보는 관점이나, 현대성(Modernität)의 문제 및 이와 결부된 '모더니즘'(루카치의 용어로는 "전위주의") 문제를 단순히 "현시 기법"의 차원에서 다루는 이론적 담론들의 편협함과 피상성에 대한 비판, 그리고 작품에서 제시되는 "'문학적' 세계관"(『솔제니친』에서는 "삶을 보는 시각"으로 표현된)에 대한 주목 등은 루카치의 마르크스주의적 문학론 · 소설론 전체를 관통하고 있는 요소들 중 일부로 볼 수 있다.[6]

다른 한편, 불연속적인 측면, 더 정확히 말해 강조점이 이동된 측면을 보자면 첫째, 1950년대 중 · 후반부터 60년대 초 사이에 집필된 『미적인 것의 고유성』(*Die Eigenart des Ästhetischen*)에서부터 확연히 드러나는 '주체로의 방점 이동'이 『솔제니친』에서 더 뚜렷한 모습으로 나타난다. 둘째, 『솔제니친』의 이러한 문학이론상의 변모는 1960년대에 루카치가 매진한 마르크스주의적 존재론에 입각한 것이기도 하다.[7] 서구의 "68혁명"과 체코의 이

---

6 이상과 관련해서는 앞서 소개한 『루카치의 길: 문제적 개인에서 공산주의자로』에 수록된 「루카치의 마르크스주의 문학론의 구성요소: 자본주의 · 휴머니즘 · 미메시스 · 리얼리즘」 참조.

7 루카치의 존재론에 대해서는 앞의 책에 수록된 「루카치의 마르크스주의 존재론의 발생사와 근본요소」 참조.

른바 "프라하의 봄"을 계기로 루카치가 집필한 『사회주의와 민주화』(*Sozialismus und Demokratisierung*)가 루카치 고유의 존재론적 사유를 정치사상적 차원에서 개진한 것이라면, 『솔제니친』은 그 존재론적 사유를 문학이론과 문학비평의 차원에서 구사한 것으로 볼 수 있다. 셋째, 이에 따라 개별 작가의 작품들에 대한 평가도 달라지는데, 통상 '모더니즘' 계열로 배치되는 몇몇 작가들의 작품에 대한 해석과 평가가, 가령 1958년에 출판된 『오해된 리얼리즘에 반대하여』에서와는 달리 이루어지는 것을 볼 수 있다. 그리고 마지막으로, 장편소설의 새로운 양식적 특징으로 "반응들의 총체성"과 "극적 성격"을 전면에 내세우는 것은, 1차 세계대전과 러시아 혁명을 기점으로 세계상태가 근본적으로 변했고 이데올로기 문제가 인류의 중심 문제가 되었다고 본 때문이기도 하지만, 장편소설이 근거하는 기본적인 사회적 · 지리적 단위를 더 이상 국민국가로만 보지 않는—비록 루카치 자신은 명시하지 않았지만—인식과도 관련된 것으로 보인다.

두껍지 않은 분량의 『솔제니친』은 이런 식으로 여러 측면에서 흥미롭게 읽힐 수 있다. 옮긴이에 불과한 내게도 이 책은 조금 특별한 의미가 있는데, 『소설의 이론』(*Die Theorie des Romans*)의 번역을 통해 초기 루카치의 소설론을, 그리고 「소설」의 번역으로 중기 루카치의 소설론을 소개한 데 이어,[8] 이 책을 통해

8 이 글의 번역과 해설은 『소설을 생각한다』, 비평동인회 크리티카 엮음, 문예출판사, 2018, 43~139면 참조. 우리가 이 책의 〈부록〉으로 실은 글도 중기 루카치의 소설론에 해당하는 자료이다.

후기 루카치의 소설론까지 소개함으로써 루카치가 일생에 걸쳐 개진한 소설론적인 사유 전체를 개관할 수 있는 기초 자료를 제공하고자 시작한 작업을 일단락한 셈이다. 루카치의 텍스트로 독일어 공부를 시작했고 그로부터 공부의 태도와 기본을 익힌 후학의 입장에서 방금 말한 세 편의 텍스트와 그의 자서전 『삶으로서의 사유』(*Gelebtes Denken*), 그리고 그의 "철학적 유언"인 『사회적 존재의 존재론을 위한 프롤레고메나』(*Prolegomena zur Ontologie des gesellschaftlichen Seins*)를 번역했고 두 권의 루카치 연구서를 발표했다. 루카치에게 진 빚을 갚자는 마음도 한몫했던 이 모든 작업의 결과물들 곳곳에 여전히 허점이 보이지만, 이를 고치고 보완하는 작업을 계속하되 지금까지와는 조금 다른 방식으로 공부하고 글을 쓰는 길을 모색할 때가 된 것 같다. 어쨌든 이 책의 번역은 내 공부길에서 작은 마침표가 될 것인데, 여기에 이르기까지 세상살이에 무능하기만 한 남편을 참고 견뎌준 아내 박자영에게 고마움을 표하며 이 책을 바친다.

2019년 4월 김경식 씀